殺炮

死神幻十郎

黒崎裕一郎
Kurosaki Yuichiro

文芸社文庫

目次

第一章　気炮《きほう》

1

薄墨《うすずみ》を刷《は》いたような淡い夕闇《ゆうやみ》のかなたに、ちらほらと灯《あか》りがにじんでいる。中山道熊谷宿《なかせんどうくまがやじゅく》（埼玉県）の町灯りである。

その灯りに向かって、黙々と歩を運ぶ三人の男がいた。

二人は塗笠《ぬりがさ》をかぶり、ぶっさき羽織に野袴《のばかま》の武士。一人は菅笠《すげがさ》に道中羽織、紺の股引《ももひ》き姿、職人ふうの小柄な男である。長旅をしてきたらしく、三人とも衣服は埃《ほこり》まみれで、手甲《てっこう》や脚絆《きゃはん》も垢《あか》や脂で薄汚れている。

「すっかり秋めいてきたな」

路傍の草むらにひっそりと咲いている撫子《なでしこ》や桔梗《ききょう》の花にちらりと目をやりながら、肩幅の広いがっしりした体軀《たいく》の武士が、もう一人の長身の武士にしんみりと語りかけた。

「国元を発《た》つときは、まだ汗ばむほど暑かったのに。早いものだな。季節のうつろいは」

応えながら、長身の武士はやや遅れてついてくる小柄な男を気づかうように返り見た。

「京助、疲れたか？」

「いえ」

男は笑みを浮かべて首を振った。四十路《よそじ》を越したばかりと見える、一徹そうな面構えのこの男の名は、片岡京助直哲《かたおかきょうすけなおてつ》。信州松代《まつしろ》藩お抱えの鉄砲鍛冶《かじ》である。肩幅の広い武士は、松代藩御先手組《おさきてぐみ》の飯島欣次郎《いいじまきんじろう》、もう一人の長身の武士は同役の笹田庸之助《ささだようのすけ》。

京助が背中に背負っている細長い風呂敷包みは、京助が三年の歳月をかけて造りあげた新式の銃である。その銃を参府中の藩主・真田幸貫《さなだゆきつら》に奉呈《ほうてい》するために、三人は十日前に松代（長野市）を発ち、北国脇往還《ほっこくわきおうかん》（善光寺道《ぜんこうじみち》）をへて中山道の追分《おいわけ》宿に出、軽井沢《かるいざわ》宿（長野県）、高崎《たかさき》宿（群馬県）、本庄《ほんじょう》宿（埼玉県）と旅を重ねてきたのである。

「あれが熊谷宿だ」

飯島が夕闇の奥にちらほらとにじみ立つ明かりを指さしていった。

「もうすぐだぞ。京助」

「はい」

「長い旅だったが、あと二日で江戸に着く。殿もさぞ首を長くして待っておられることだろう」

「それより、おれは腹がへってきた。急ごう」

飯島が二人をうながすようにあごをしゃくって歩度を速めた。

しばらく行くと、中山道から左に枝分かれしている、脇往還の分岐点に出た。

〈左、しまぶ。右、くまがや〉

と記された道標が立っている。これは秩父《ちちぶ》三十四カ所霊場めぐりの一番、四万部寺《しまぶじ》への道しるべである。その道標の五、六間先に長い年月風雨にさらされて、朽ちるにまかせた地蔵堂が見えた。

三人が地蔵堂の前にさしかかったときである。突然、堂の裏手の雑木林の中から、四つの黒影が矢のように飛び出してきて、行く手に立ちふさがった。

「な、何奴ッ！」

先を行く飯島が思わず足をとめて叫んだ。四つの黒影は物もいわず抜刀するや、ざざっと横ざまに走り、瞬時に三人を取り囲んだ。いずれも黒布で面をおおった屈強の武士である。まるで獲物を追い込む狼《おおかみ》のように敏捷《びんしょう》な動きで、半円形の陣を組んだ。

「おのれ、曲者《くせもの》！」

京助を庇《かば》いながら、笹田が刀を鞘走《さやばし》らせると、すかさず飯島も抜刀して、

「おぬしは左の二人、おれは右の二人だ」

「承知！」

二人は左右に跳んで刀を構えた。四人の黒覆面は刀を中段に構え、足をすりながら寸きざみに間合いを詰めてくる。四人ともかなりの手練《てだれ》と見えた。突き出された剣尖から棘《とげ》のように鋭い殺気が放射されている。

黒覆面の気迫に押されて、二人はじりじりと後ずさった。間合いを詰められても斬り込む隙《すき》がない。完全に受け身の態勢になっていた。四本の白刃が不気味な光を放ちながら、二人に迫ってくる。

「はっ！」

裂帛《れっぱく》の気合とともに左の黒覆面が斬り込んできた。それを笹田が下からはね上げる。ほぼ同時にほかの三人もいっせいに間境《まざかい》を越えた。飯島もかろうじて一刀をかわしたが、体勢を立て直すひまもなく、二刀、三刀が襲いかかってくる。まさに波状攻撃だった。刃と刃が激しく咬《か》み合い、火花が散る。

激闘は須臾《しゅゆ》（十二、三分）の間つづいた。

多勢に無勢。息もつかせぬ敵の攻撃に、飯島と笹田は防戦一方である。二人の背後で京助がおろおろと逃げまどっている。四人の黒覆面の斬撃はとどまるところを知ら

なかった。飯島と笹田はすでにかなりの手傷を負い、衣服が血で真っ赤に染まった。

「わッ」

悲鳴をあげて、笹田がのけぞった。ぶっさき羽織が横に裂けて脇腹から血が噴き出している。

「笹田！」

斬りむすびながら、飯島が振り向いた。腹を裂かれて大きくよろめいた笹田に、二人の黒覆面が容赦なく斬撃を浴びせている。文字どおりの滅多《めった》斬りだ。その間も、右方の二人が飯島に斬りかかっている。助けるすべがなかった。

力つきて笹田が街道沿いの草むらに倒れ伏した。二人の黒覆面が背を返して飯島に刃を向けた。一瞬、飯島はたじろいだ。そのわずかな隙を見て、ほかの二人がすかさず飯島の背後にまわり込んだ。正面に二人、背後に二人、挟撃《きょうげき》の構えである。

「お、おのれ！」

叫びながら、飯島は猛然と正面の二人に斬り込んでいった。捨て身の斬撃である。

ずばっ。

一人が拝み打ちの一刀を飯島に浴びせた。間髪をいれず、もう一人が袈裟《けさ》がけに斬り下ろす。おびただしい血潮をまき散らしながら、飯島は前のめりに大きくよろめいた。

そこへ背後の一人が叩《たた》きつけるような一刀を背中に浴びせた。ぶっさき羽織が縦に切り裂かれ、その裂け目からざっくり割れた赤い肉がのぞいた。すごい勢いで血が噴き出す。めくれた肉の奥に白い背骨が見えた。

「うっ、ううう……」

虚空をかきむしりながら、飯島は崩れ落ちていった。黒覆面の一人がすばやく飯島と笹田の懐中から財布を抜き取る。

その隙に京助がパッと身をひるがえし、一目散に奔馳《ほんち》した。

「逃がすな！」

首領らしき巨軀の黒覆面が叫んだ。四人がいっせいに追走する。

京助は転がるように地蔵堂の裏手の雑木林の中に逃げ込んだ。

薄く色づきはじめた楓《かえで》や欅《けやき》の樹葉のあいだから、おぼろな月明かりが差し込んでいる。

樹間を縫うようにして、京助は必死に走った。背後に追手の足音が迫ってくる。

雑木林を走り抜けた瞬間、

（あっ）

京助は左の太腿《ふともも》に焼きつくような激痛を覚え、もんどり打って転倒した。左太腿に手を伸ばしてみると、股引きが血で濡《ぬ》れている。小柄《こづか》が深々と突き刺さっていた。引

き抜いて必死に立ち上がろうとしたところへ、

「いたぞ！」

野太い声がひびき、四つの影が駆けつけてきた。

「ち、ちくしょう」

立ち上がりざま、ふところから匕首《あいくち》を引き抜いて身構えた。が、それより速く、黒覆面の一人が大刀の鞘の鐺《こじり》で京助の鳩尾を突いていた。

「うっ」

小さくうめいて、京助は草むらに倒れ伏した。

「こやつを運べ」

巨軀の黒覆面が下知《げち》した。三人がすばやく京助の体を抱え起こし、軽々とかつぎ上げて走り去った。

四半刻（三十分）後――、
京助は手拭《てぬぐ》いで猿ぐつわを嚙《か》まされ、両手両足をしばられて川荷船の底に転がされていた。もとより京助は知るよしもなかったが、この船は江戸と武州川越《ぶしゅうかわごえ》をむすぶ荒川舟運《あらかわしゅううん》の高瀬舟《たかせぶね》だったのである。

（船の中か……）

意識を取りもどした京助は、身をよじって闇を見まわした。かすかに月明かりが差し込んでいる。周囲は荒菰《あらごも》包みの船荷の山である。

ぎしぎしときしむ櫓音《ろおと》と船底を打つ水音にまじって、船荷の奥の胴ノ間から、男たちの低い話し声が聞こえてきた。干魚《ひうお》を焼く煙と酒の匂いがただよってくる。どうやら先刻の四人の黒覆面たちが酒盛りをしているようだ。ときおり含み笑いも聞こえてくる。

（あいつら、おれを一体どうしようというつもりだ？）

いいしれぬ不安と恐怖が、京助の胸にこみあげてきた。


江戸麻布谷町《あざぶたにまち》の松代藩上屋敷に事件の報が届いたのは、それから五日後の夕刻だった。

道中奉行配下の与力から藩邸の近習頭《きんじゅうがしら》・菅谷辰之進《すがやたつのしん》に連絡が入ったのである。

「飯島と笹田が！」

三人の到着を一日千秋の思いで待ちうけていた江戸家老の不破儀右衛門《ふわぎえもん》は、菅谷辰之進から一報を受けて、飛びあがらんばかりに驚愕《きょうがく》した。

「中山道熊谷宿の手前で何者かに斬殺されたとのよし」

菅谷が沈痛な表情で応える。

「道中奉行の調べによりますと、二人の懐中から財布が消えていたそうで……。おそらく野盗、追剝《おいはぎ》のたぐいの仕業ではないかと」

「京助はどうした？」

「それが、妙なことに京助の行方だけが、まだ――」

「生死もわからんのか」

「死体が見つからぬ以上、死んだと断定するわけにはまいりませぬが、さりとて生きているという証《あかし》もございませぬ」

「辰之進」

不破がけわしい顔で菅谷を射すくめた。

「ひょっとすると、賊のねらいは京助……、いや、京助が所持しておった銃やもしれんぞ」

「まさか」

菅谷の顔が硬直した。

この時代、諸藩が銃砲を製造することは禁じられていなかった。国防上の理由から幕府が半ば黙認していたのである。むしろ幕府はそうした銃器類が外部に流出し、不《ふ》逞《てい》の輩《やから》の手に渡ることを警戒していた。とりわけ浪人の鉄砲所持に関しては、次のような布令を発してきびしく取り締まっていた。

覚

江戸並に十里四方の内に有之《これあり》　武士屋敷に差置候《さしおきそうろう》　浪人　鉄砲所持仕候はば　之《これ》を相改め屋敷主方へ鉄砲取上げ　持主之名並に鉄砲之品書付け　鉄砲改役へ之を差出し　差図に任せられ可《べ》く候

松代藩お抱えの鉄砲鍛冶・片岡京助が製造した新式の銃が、万一そうした不逞浪人の手に渡り、江戸府内で重大事件が引き起こされるようなことがあれば、松代藩の責任は免れられない。不破儀右衛門が何よりも恐れたのは、そのことだった。

「いずれにせよ、道中奉行の探索に任せておくわけにはまいらぬ」

不破は眉間《みけん》に縦じわをきざんで、うめくようにいった。

「すまぬが、辰之進。京助の行方を探してもらえぬか」

「承引《しょういん》つかまつりました」

一礼して菅谷が立ち上がろうとすると、

「辰之進」

と呼び止めて、不破が釘《くぎ》を刺すようにいった。

「この件、しばらく殿のお耳には入れぬほうがよいだろう。子細が明らかになるまで他言は無用。その旨しかと肝に銘じておいてくれ」

「は、心して」

片岡京助の生死はともかく、重要なのは京助が製造した銃の行方を突きとめ、それを取りもどすことである。その可否に松代藩真田十万石の命運がかかっている、といっても過言ではなかった。不破儀右衛門は、退出する菅谷辰之進のうしろ姿を祈るような目で見送った。

だが、それから二日もたたぬうちに、不破がもっとも恐れていた事件が江戸市中で、それも連続して二件起きたのである。一件目は神田今川小路《いまがわこうじ》に住む甚八《じんぱち》という渡り中間《ちゅうげん》が、行きつけの飲み屋で酒を呑《の》んでの帰り、俎板《まないた》橋の上で何者かに射殺されるという事件。二件目はその現場からほど近い黐《もち》ノ木坂で、植木職人の多吉《たきち》という男が射殺されるという事件だった。

もっとも、その二つの事件に京助の銃が使われたというたしかな証拠は何もなかった。それどころか、事件の探索に当たった町方役人の話によれば、凶器に使われたのが銃かどうかさえも定かではないという。事件発生当時、現場付近で銃声を聞いた者が一人もいないことが、町方役人の判断を迷わせていたのである。それにもかかわらず、いや、それだからこそ不破儀右衛門は、

（京助の銃に相違ない）

と確信していた。なぜなら、京助が三年の歳月をかけて製造したその銃は、発射音

が出ない特殊な銃だったからである。

2

日本橋小網《こあみ》町三丁目の東に、通称『稲荷堀《とうかんぼり》』と呼ばれる入堀がある。その入堀の西岸に「牡蠣殻《かきがら》町」という町屋があった。町屋といっても一帯のほとんどは密生する雑木林と草地で、民家は数えるほどしかなく、めったに人の姿を見かけることのない物寂しい土地である。

青く澄み渡った秋晴れの空に、一条の煙がゆらゆらと立ちのぼっている。その煙を仰ぎ見ながら、紅葉に彩られた雑木林の中の小径《こみち》を、右手に細長い風呂敷包みを下げ、ゆったりとした足取りで歩いてゆく初老の大柄な武士がいた。元白河藩主・松平定信《さだのぶ》（楽翁《らくおう》）に近侍《きんじ》する老臣・市田孫兵衛《いちだまごべえ》である。

雑木林を抜けると、ほどなく前方に茅葺《かやぶ》き屋根の古びた一軒家が見えた。楽翁みずからが『風月庵《ふうげつあん》』と命名した草庵《そうあん》である。名前はいかにも風雅だが、以前は松平家の又者《またもの》が住んでいたという、いまにもひしげそうなあばら家だ。

家の周囲には紅い花を咲かせた山茶花《さざんか》の生け垣がめぐらされ、正面に丸太門が立っている。立ちのぼる煙は、その家の屋根の煙抜きから噴き上がっていた。

孫兵衛は丸太門をくぐって入り口の板戸を引き開け、屋内に声をかけた。

「死神《しにがみ》、いるか？」

板敷《いたじき》を踏みしめる足音がして、奥から長身の浪人者がうっそりと姿を現した。

異相の浪人である。歳のころは二十八、九。額にきざまれた二筋の太い傷痕は、浪人がおのれの面貌《めんぼう》を変えるためにみずから剃刀《かみそり》できざんだ傷である。

その傷に引きつ《つ》られるように吊り上がった両眼。鼻梁《びりょう》が高く、頬《ほお》がそげ落ち、あごはくさびのように尖《とが》っている。まるで死霊《しりょう》に取り憑《つ》かれたような、というより死霊そのものといっていい悽愴《せいそう》な面貌の浪人だ。

——死神幻十郎《げんじゅうろう》。

浪人はそう自称している。が、むろん本名ではない。一年半ほど前、阿片密売一味の卑劣な罠《わな》にはまって刑場の露と消えた南町奉行所定町廻《じょうまちまわ》り同心・神山源十郎《かみやまげんじゅうろう》——それがこの浪人の正体であり、事実上、この世には存在しない〝死人《しびと》〟となった男なのだ。

「孫兵衛どの……、どうぞ、お上がりください」

幻十郎は白い歯をみせて、孫兵衛を家の中に招じ入れた。

土間の奥は八畳ほどの板間になっている。中央に大きな囲炉裏《いろり》が切ってあり、自在《じざい》鉤《かぎ》にかけられた鉄瓶《てつびん》が、しゅんしゅんと音を立てて湯気を噴き出している。

孫兵衛が囲炉裏の前にどかりと腰をすえると、幻十郎は鉄瓶の湯を急須《きゅうす》にそそいで手ばやく茶をいれ、孫兵衛の前に差し出した。

「歌次《うたじ》はどうした？」

茶をすすりながら、孫兵衛が気づかわしげな面持ちで訊《き》いた。歌次とは、幻十郎の手先（密偵）兼賄《まかない》夫《ふ》をつとめている歌次郎という男のことである。

「買い物に出ているようで」

「そうか」

うなずいて、孫兵衛はずずっと茶をすすりあげた。

「仕事ですか」

幻十郎が訊き返すと、孫兵衛は湯吞みに残った茶を一気に飲みほして、コトリと囲炉裏のふちにおき、いつになく険しい目つきで幻十郎を直視した。

「じつは、今朝方、松代藩の江戸家老・不破儀右衛門どのが折入って相談があると、内々にわしを訪ねてきたのだが……」

「……………」

幻十郎は無言で茶を飲んでいる。

「おぬし、俎板橋と竊ノ木坂で起きた事件を知っているか」

「射殺事件ですか」

「ああ」

「その事件なら、歌次から聞きましたよ」

「不破どのの相談とは、その件《こと》なのだ」

そう前おきして、孫兵衛は十日前に中山道熊谷宿の近くで起きた事件――すなわち松代藩御先手組・飯島欣次郎と同役の笹田庸之助が何者かに斬殺され、同行のお抱え鉄砲鍛冶・片岡京助が消息を絶った事件を子細に語り聞かせ、

「その片岡京助が所持していた銃が二つの事件に使われたのではないかと、不破どのは案じておられるのだ」

「しかし」

幻十郎はけげんそうな目で孫兵衛を見返した。

「不破どのは、なぜその銃が事件に使われたと……?」

「ふむ」

幻十郎の問いを予期していたかのように、孫兵衛はしたり顔でうなずき、

「すまぬが、もう一杯茶をくれ」

と空の湯呑みを差し出した。幻十郎が急須の茶を湯呑みに注ぐと、孫兵衛はうまそうにそれをすすりながら、

「楽翁さまが点じてくださる抹茶《まっちゃ》も悪くはないが、やはり茶は煎茶《せんちゃ》にかぎるのう」

微笑《わら》ってそういったが、すぐにその笑みを消して、

「町方役人の話によると、事件が起きたと思われる時刻に、現場付近で銃声を聞いたという者は一人もおらんそうじゃ。二件ともな」

「それでしたら、なおさら……」

「いや、だからこそ不破どのは案じておられるのだ」

幻十郎は当惑した。孫兵衛の言葉の意味が理解できなかった。

「わかりませんな。いったいどういうことなんですか」

「おぬし、この銃に見覚えはないか」

といいつつ、孫兵衛は持参した細長い風呂敷包みをおもむろに開いた。中身は銃身が二尺五寸（約七十六センチ）ほどの銃である。

「これは……！」

見覚えどころか、以前、幻十郎はこの銃を孫兵衛から借り受けて、実際に〝仕事〟に使ったことがある（死神幻十郎第二作『火罪』参照）。

「〝気炮《きほう》〟ですか」

「ふむ」

近江国《おうみのくに》坂田郡《さかたごおり》国友村《くにともむら》の鉄砲鍛冶・国友藤兵衛《とうべえ》が、蘭書《らんしょ》の図面を見て造ったという
この銃は火薬や火縄を使わず、圧縮した空気で弾丸を発射する仕組みになっており、

〝風炮《ふうほう》〟あるいは〝気炮〟と称されていた。現代でいう空気銃である。火薬をいっさい使わないので発砲したときに音が出ないのが、この銃の最大の長所であった。

不破儀右衛門の話によれば、国友藤兵衛が造った〝気炮〟にさらなる改良を加えて射程距離を数倍に伸ばし、しかも連発を可能にしたのが、片岡京助が造った最新式の〝気炮〟だという。

「なるほど」

得心がいったように幻十郎がうなずいた。

武州熊谷宿の近くで松代藩の二人の藩士が斬殺され、鉄砲鍛冶の片岡京助が消息を絶ったことと、その数日後に江戸で二件の射殺事件が起きたことを考え合わせると、たしかに話のつじつまは合う。

「仕事というのは、それですか」

「――うむ」

二杯目の茶を飲みおえた孫兵衛は、空の湯呑みをしずかに膝元《ひざもと》におくと、赤々と燃える囲炉裏の榾木《ほたぎ》に目を移しながら、つぶやくようにいった。

「松代藩と松平家は少なからず縁があってのう」

「縁？　と申されると？」

「真田家の御当代は、楽翁さまのご次男であらせられるのじゃ」

「ほう」

それは幻十郎にとっても初耳だった。

松代藩の当代（八代）藩主・真田幸貫は、松平楽翁の次男で、文化十二年（一八一五）に二十五歳で松代藩主・真田幸専《ゆきたか》の養子となり、一昨年の春、すなわち文政六年（一八二三）に三十三歳で家督《かとく》を継いで藩主となったのである。

明敏で好学の士の幸貫は、家督相続の直後から年に五百石を文武の奨励費にあて、藩士に四書五経《ししょごきょう》を学ばせると同時に、「お聴《き》き」と称して一人ひとりの成績を調べるなど、大いにその興隆を図った。のちには水戸の徳川斉昭《なりあき》や開明派の諸侯たちと親交を深め、幕末の思想家・佐久間象山《さくましょうざん》を世に送り出している。

だが、もともと保守的傾向の強い松代藩にあって、そうした幸貫の先進的な諸施策や、それによる財政の窮乏、とくにその「蘭癖《らんぺき》」（洋学志向）は、藩内の一部保守派の反感をまねいていた。

孫兵衛がつづける。

「お抱えの鉄砲鍛冶・片岡京助の最新式の〝気炮〟を造らせたのも、じつは幸貫さまのご指示によるものだったのだ」

その銃が今回の二件の射殺事件に使われたことが明らかになり、松代藩が公儀から咎《とが》めを受けるようなことになれば、幸貫に反感をいだく保守派の連中が「それ見たことか」と勢いづくに相違ない。そうなれば幸貫はもとより、実父・楽翁への風当たりも強くなるであろう。孫兵衛はそういって深々とため息をついた。

「孫兵衛どの」

幻十郎が向き直った。

「そのこと、楽翁さんもご存じなんで？」

「いや、殿も幸貫さまもまだ知らぬ。できれば内密に処理したいと、不破どのはそう申されていた」

「内密に、ですか」

「それができるのは、おぬししかおらぬ。どうじゃ？　この仕事受けてもらえぬか」

すがるような目で孫兵衛がいった。

「孫兵衛どの直々の頼みとあれば、断るわけにはいかんでしょう」

「では――」

「お引き受けします」

「死神」

孫兵衛の顔がほころんだ。真底うれしそうな顔である。いつも茫洋《ぼうよう》としていて、つかみどころのない孫兵衛が、これほど素直に感情を表すのはめずらしいことだった。

「これは手付け金だ」

といって、ふところから三枚の小判を取り出して幻十郎の膝元におくと、くれぐれも頼んだぞといいおいて、孫兵衛はいそいそと『風月庵』を出ていった。

3

市田孫兵衛が出ていって四半刻（三十分）ほどたったころ、歌次郎が両手いっぱいに買い物包みをかかえてもどった。食料の買い出しに行ってきたらしく、包みの端から大根の葉や葱《ねぎ》がのぞいている。

「ただいまもどりやした」

奥に声をかけると、居間の襖《ふすま》がからりと開いて、裁着袴《たっつけばかま》をはいた幻十郎が出てきた。

「お出かけですか？」

「ちょいと旅に出る。おめえも支度してくれ」

「あっしも？」

「仕事だ」

「ああ」

合点がいったようにうなずくと、歌次郎はにやりと笑って、

「何に化けやしょうか？」

と上目づかいに訊いた。色白ののっぺりした顔をしているが、この男は以前役者をしていたことがあり、「百化けの歌次」の異名をとるほどの変装の名人なのだ。

「そうだな。旅の小商人《こあきんど》にでも化けてもらおうか」

「合点」

買い物包みを台所に運ぶと、歌次郎は欣然《きんぜん》として奥の部屋へ飛んでいったが、寸刻もたたぬうちに、黒の半合羽、縞《しま》の着物に角帯、柄袋《つかぶくろ》をかけた道中差しを腰にたばさみ、股引きの代わりに浅黄色のパッチばきといういでたちで姿を現した。ちなみに江戸では木綿の下ばきを股引きといい、絹製のものをパッチといった。朝鮮語のパージから転訛《てんか》したものといわれている。

「いかがでござんしょう？」

「さすがは『百化けの歌次』だ。みごとな化けっぷりだぜ」

「行き先はどちらで？」

「武州の熊谷宿だ」

「すると……、片道二泊三日の旅ってことになりやすね」

歌次郎が指折り数えてそういうと、幻十郎は思わず苦笑を浮かべて、

「物見遊山じゃねえんだぜ」

「へえ？」

「一泊二日の急ぎ旅だ」

ぴしりといって塗笠をかぶり、大刀を落とし差しにして土間に下りた。


中山道第一の宿場・板橋宿に着いたころには、もう日はとっぷり暮れていて、街道沿いの旅籠屋《はたごや》の窓には煌々《こうこう》と明かりが灯っていた。

江戸四宿《ししゅく》（品川、内藤新宿、千住、板橋）の一つ板橋宿は、中山道最大の宿駅であると同時に、飯盛《めしもり》旅籠二十七軒を擁する歓楽の街でもあり、飯盛女郎を目当てに江戸市中から遊びにやってくる遊冶郎《ゆうやろう》も少なくなかった。

宿場通りは客を奪い合う留女《とめおんな》の甲高い声や、飯盛女の嬌声《きょうせい》、男たちの下卑《げび》た哄笑《こうしょう》、にぎにぎしい弦歌《げんか》がひびき渡り、江戸の岡場所を彷彿《ほうふつ》とさせる活気と喧騒が渦巻いていた。

そんなにぎわいを尻目に、幻十郎と歌次郎は宿場通りの雑踏を足早に通り抜けて、次の蕨宿《わらび》に歩を進めた。

板橋宿から蕨宿までは二里十町（約九キロメートル）の距離である。

途中、戸田の渡しで舟待ちを余儀なくされたために、蕨宿に着いたのは予定より半刻ほど遅い五ツ半（午後九時）ごろになった。宿場内にある二十三軒の旅籠のほとんどは、すでに戸を閉ざしてひっそりと寝静まっていた。

しばらく宿場通りをうろついたあと、ようやく宿場の北はずれに一軒だけポツンと軒行燈《のきあんどん》を灯している小さな木賃宿を見つけ、そこで旅装を解いた。

木賃宿とは大道商人や助郷《すけごう》人足、日雇稼《ひやといかせぎ》、旅芸人などを対象とする安宿のことで、物の書には「飲食を供せず、薪炭《しんたん》その他の諸費、席料を受けて、以《もっ》て宿泊せしもの」とあり、「お安宿」「雲助宿《くもすけ》」「日雇宿」の異称もあった。要するに素泊《すど》まりの宿である。

江戸から蕨宿までの、およそ四里三十町（約十九キロ）をほとんど休まずに歩いてきたので、さすがに二人とも疲労困憊《こんぱい》し、床につくなり高いびきをかいて眠りこけた。

翌朝、二人はまだ夜の明けやらぬ七ツ（午前四時）に宿を出た。

暁暗《ぎょうあん》の空に白い月がぼんやり浮かんでいる。

街道を往来する人影はなく、白い道だけが闇の奥に延々とつづいている。

浦和《うらわ》宿、大宮《おおみや》宿、上尾《あげお》宿と旅を重ね、桶川《おけがわ》宿にさしかかったころには、陽差しが真上にきていた。桶川宿の一膳飯屋で朝食と昼食をかねた食事をとると、寸暇を惜しむように二人はふたたび旅をつづけた。

熊谷宿に着いたのは、昼の八ツ（午後二時）ごろだった。

板橋宿に次いで第二の戸口を有する熊谷宿は、絹や綿織物の手工業で発展した宿場である。『名所図絵』に、

「此駅《このえき》三四町民家相対して巷《ちまた》をなす。余《ほか》は左右にも町あり。至って賑《にぎわ》しき所也」

とあるように、宿場内には大小の商家がずらりと軒をつらね、月の二日と七日には六斎市が開かれた。天保十四年（一八四三）の記録によると、宿場の人口は三千二百六十三人、家数千七十五軒だったという。

「歌次、あれだ」

宿場の棒端《ぼうばな》（西はずれ）を出たところで、幻十郎が足をゆるめてあごをしゃくった。前方に朽ちた地蔵堂が見える。松代藩の藩士二名と鉄砲鍛冶の片岡京助が襲われた現場である。そのことは市田孫兵衛から聞いて知っていた。

道中奉行から松代藩江戸屋敷にもたらされた情報によると、二人の藩士の死体は熊谷宿《しゅく》の宿役人によって荼毘《だび》に付されたという。だが、片岡京助の死体だけはいまだに見つかっていない。賊が何らかの目的で京助を拉致《らち》したのではないかと幻十郎はみていた。

二人は地蔵堂の前で足をとめ、四辺を見まわした。地蔵堂の裏手は雑木林、街道の左右は広大な田畑、その奥に藁葺《わらぶ》き屋根の百姓家が点在している。

「このへんで不審な連中を見かけた者がいるかもしれねえ。手分けして聞き込みに歩いてみるか」

「へい」

「おめえは北のほうだ。おれは南を当たってみる」

「合点」

歌次郎はひらりと身をひるがえして、雑木林の小径へ走り去った。幻十郎は街道の左に延びる野道に歩を進めた。

すでに刈り入れがおわり、稲株だけを残した田んぼや、蔬菜《そさい》畑、桑《くわ》畑などが地平のかなたまで広がり、あちこちから野焼きの煙が立ちのぼっている。

野道をしばらく行くと、前方に滔々《とうとう》と流れる川が見えた。荒川《あらかわ》である。背丈ほど生い茂った葦《あし》の原に細い道がつづいている。その道を通って川辺に出ると、土地の百姓らしき粗末な身なりの老人が、草むらに腰を下ろしてのんびりと釣り糸を垂らしていた。

「少々訊《たず》ねたいことがある」

「へー」

老人はびっくりしたように振り向き、不審な目で幻十郎を見あげた。

「な、何か？」

「十日ばかり前に、街道沿いの地蔵堂のちかくで人殺しがあったそうだが」

「へい。お武家さまが二人、斬られたとか」

「そのことで何か思い当たるふしはないか」

「思い当たるふし？……とおっしゃると」

「叫び声を聞いたとか、様子の怪しげな者を見たとか。どんな些細《ささい》なことでもいい。思い当たることがあれば話してもらいたいのだが」

「さて」

と老人はしわのように細い目をしばたたかせながら、ちょっと考えこんで、

「あの日は、夕方から『天神丸《てんじんまる》』に味噌《みそ》や醬油《しょうゆ》を積み込む仕事がありましてね」

「『天神丸』？」

「川越《かわごえ》から江戸に荷を運ぶ船です」

俗に「川越夜船《よぶね》」と呼ばれる高瀬舟のことである。荒川舟運の上り下りの高瀬舟は、ほぼ毎日のように運航されている。それらの船に乗り込んでいる舟子《ふなこ》（船員）のために味噌や醬油、野菜などを供給するのが、老人の仕事だった。

「事件が起きたのはちょうどそのころで、手前はまったく……」

「気がつかなかったか」

「へい」

「その渡船場《とせんば》はどこにある？」

「あれです」

老人が指さした。半丁（約五十五メートル）ほど下流に丸太組の桟橋《さんばし》が見えた。土地の者が「新川河岸《しんかわがし》」と呼ぶ、熊谷宿の渡船場である。

荒川には「新川河岸」のほかにも二十三カ所の河岸場《かしば》や渡船場があり、江戸・川越間を上り下りする高瀬舟の舟子の食糧補給や、休憩、船荷の積み込み、荷揚げなどに利用されていた。

「荷を積みおわったのは、何刻ごろだ？」

「六ツ（午後六時）をすこし過ぎたころだと思います」

「『天神丸』はすぐに出ていったのか」

「いえ、それから半刻（一時間）ほど桟橋にもやっていたそうで」

「そうか。邪魔をしてすまなかったな」

一揖《いちゆう》して、幻十郎は踵《きびす》を返した。

――賊は高瀬舟で京助を拉致したのかもしれぬ。

桑畑の道を歩きながら、幻十郎はふとそう思った。

力ずくで拉致した人間を熊谷宿から江戸へ運ぶのは容易なことではない。駕籠《かご》を使って陸路で運ぶとなると、少なくとも三日や四日はかかるし、人目を避けるために事前に宿泊先も手配しておかなければならないだろう。だが、船を使えば人目につく恐れもなく、一昼夜で江戸に運ぶことができるのだ。

（『天神丸』か……）

幻十郎の脳裏に新たな疑念がよぎった。と、そのとき、

「だ、旦那ァー」

前方から歌次郎が転がるように突っ走ってきた。

「どうした」

「そ、雑木林の中に……、侍の死骸が！」

「なに！」

幻十郎は反射的に走り出していた。歌次郎も必死にそのあとを追った。

街道を横切り、地蔵堂の裏手の雑木林に走り込んだ。

「場所はどこだ」

走りながら、幻十郎が訊いた。

「あっちです」

右方を指さしながら、歌次郎は熊笹《くまざさ》の藪《やぶ》の中に飛び込んだ。灌木《かんぼく》や蔦葛《つたかずら》をかき分けてしばらく行くと、あざやかな紅葉に彩られた樹林の中に一本だけ、青々と葉を茂らせた杉の老木が立っていた。歌次郎がその前で足をとめて振り向いた。

「あれです！」

杉の木の根方に、なかば白骨化した無残な死体が転がっていた。まぎれもなくそれは武士の死体だった。腐乱が激しい上に、野犬にでも食われたのだろう、顔面は原形

を留めていなかった。泥まみれの衣服はずたずたに切り裂かれ、体中にどす黒い血の塊がこびりついている。

「斬られたようだな」

死体をのぞき込みながら、幻十郎が低くいった。強烈な腐敗臭に顔をゆがめながら、歌次郎は無言でうなずいた。

二人は知らなかったが、この死体は松代藩江戸家老・不破儀右衛門の意を受けて、四日前に熊谷宿に探索にやってきた菅谷辰之進の変わり果てた姿だったのである。

幻十郎はかがみ込んで死体のふところをまさぐってみた。所持品は財布と黒漆塗《くろうるし》りの印籠《いんろう》だけである。財布の中身は空だった。印籠には梅鉢《うめばち》の金紋が記されている。

「松代藩に縁のある侍かもしれねえぜ」

「へえ」

「念のためにこれを持って帰るか」

印籠をふところにおさめ、死体に手を合わせて立ち上がろうとしたときである。突然、歌次郎が、二、三歩あとずさって驚声を発した。

「だ、旦那！」

塗笠の下の幻十郎の目がするどく動いた。

いつの間にか熊笹の藪の中に、数人の男が立ちはだかっていた。遠巻きに二人を取り囲んでいる。総勢六人。いずれも鉄紺《てつこん》色の半纏《はんてん》に茶縞《ちゃじま》の着流し、腰に長脇差《ながどす》を差した凶悍《きょうかん》な面構《つらがま》えの男たちである。どうやら土地のやくざ者のようだ。

「おめえさんたち、何を嗅ぎまわってるんだい？」

かしら分らしき小肥りの男が、剣呑《けんのん》な目つきで二人を誰何《すいか》した。

「べつに」

幻十郎は平然とかぶりを振った。

「たまたまこのあたりを歩いていたら、侍の死体を見つけてな」

「他所者《よそもの》には関わりのねえことだ。何も見なかったことにして、さっさと立ち去ったほうが身のためだぜ」

「そうはいかねえ」

「なに」

小肥りが目を剝《む》いた。

「宿場役人に知らせてくる」

幻十郎が歩を踏み出そうとすると、六人の男たちはざざっと熊笹の藪をかきわけて、一気に包囲の輪を縮めてきた。

「わからねえ男だな。他所者には関わりのねえことだといったはずだ。余計な真似《まね》をしやがると、この侍の二の舞になるぜ」

「ふふふ……」

幻十郎の口元からせせら笑いが洩れた。

「語るに落ちたな」

「！」

小肥りの顔が硬直した。うっかり口をすべらせてしまったことに気づいたのである。

「貴様たちが下手人だったか」

「ええい、面倒だ！　殺《や》っちまえ！」

小肥りが癇性《かんしょう》な声を張り上げた。同時に五人の手下がいっせいに長脇差を抜き放って熊笹の藪から飛び出してきた。

「歌次！」

「へい！」

歌次郎はすばやく道中差しの柄袋をはずして抜刀した。

左右から二人の男が猛然と斬りかかってきた。右方からの刃が歌次郎に、左方からの刃が幻十郎目がけて振りかかってくる。

しゃっ！

幻十郎の抜きつけの一閃《いっせん》が、男の腕を肩口から切り落としていた。切断された腕が長脇差をにぎったまま高々と舞い上がった。返す刀で歌次郎の相手を袈裟がけに斬り下ろし、すぐさま体を反転させた。三人目が斬撃を送ってきた。横に跳んで逆胴《ぎゃくどう》に薙《な》ぎあげる。

あたり一面におびただしい血が飛び散った。

瞬時に三人が斬り伏せられたのである。残る三人は完全に度を失っていた。

「ちくしょう！」

「死にやがれ！」

口々にわめきながら、がむしゃらに突進してくる。真っ先に斬り込んできた男の長脇差を刀の峰ではね上げると、幻十郎はすかさずもう一人の左前に跳んで横薙ぎに胴を払い、長脇差をはね上げられてよろめく男の背中に拝み打ちの一刀を浴びせた。

「て、てめえ！」

逆上した小肥りが長脇差を脇構えにして、一直線に突っ込んでくる。体を右に開いて切っ先をかわすなり、幻十郎は地を蹴って高く跳躍した。

幻十郎の目の下に、勢いあまってたたらを踏む小肥りの姿がよぎった。

着地と同時に叩きつけるように刀を振り下ろした。重い手応えがあった。どさっと音を立てて小肥りの体が熊笹の藪に倒れ込んだ。一拍の間をおいて、また別の場所でどさっと音がした。幻十郎は刀の血ぶりをしながら、音のほうへ目をやった。草むらに小肥りの男の首が転がっていた。

「旦那」

歌次郎が息をはずませながら駆け寄ってきて、

「あの野郎、まだ息がありやすぜ」

かたわらの草むらを指さした。右腕を斬り落とされた男が身をよじって苦悶している。幻十郎は大股に歩み寄り、冷ややかな目で男を見下ろした。

「貴様、どこの身内だ」

「さ、佐谷田《さやた》の……、仙太郎《せんたろう》一家……」

男があえぎあえぎ答えた。腕のない肩口から泉水のように血が噴き出している。みるみる男の顔が青ざめていった。

「あの侍は何者なんだ？」

幻十郎が再度問いかけた。男の唇がかすかに動いた。が、声は出なかった。半開きになった口から血泡が噴き出している。ほどなく男は絶命した。幻十郎の口からふっと小さなため息が洩れた。鍔鳴《つばな》りをひびかせて刀を鞘におさめ、ゆっくり背を返した。

「歌次」

「へい」

「もうこの土地に用はねえ。江戸にもどるぜ」

そういうと、幻十郎は熊笹の藪を踏みしだいて足早に雑木林を抜け、街道に出た。

釣瓶《つるべ》落としの秋の陽が、もう西の空にかたむいている。

4

満天の星である。広大な池が、その星明かりを映している。

風もなく、おだやかな夜である。

闇の奥に黒々と横たわる影は上野東叡山《とうえいざん》、その裾野に広がる広大な池は不忍池《しのばずのいけ》である。

上野大仏下の時の鐘がちょうど四ツ（午後十時）を告げおわったころ、池畔の柳並木の陰を拾うように、しのびやかな足取りで歩いてゆく三つの影があった。

いずれも武士である。一人は微行頭巾《しのびずきん》をかぶった恰幅《かっぷく》のよい武士、供の二人は黒布で覆面をしている。半丁ほど歩いたところで、

「ここがよかろう」

先をゆく微行頭巾の武士が柳の老樹の陰で足をとめて、背後の二人に低く声をかけた。二人の黒覆面は無言でうなずき、草むらにひざまずいた。

道をへだてた向かい側の町屋の一角に灯りがにじんでいる。池之端仲町《いけのはたなかまち》の盛り場の灯りである。

微行頭巾の武士は柳の木の幹にもたれるようにして、その灯りに目をこらした。盛り場のさんざめきが潮騒《しおさい》のように聞こえてくる。ほろ酔い機嫌のお店者《たなもの》や小商人、職人ふうの男などがひっきりなしに路地を出入りしている。

待つこと小半刻――。

路地からふらりと姿を現した男が、鼻唄まじりでこちらに向かって歩いてきた。黒の印半纏に股引き姿の出商《であきな》いふうの中年男である。

「あれにするか」

微行頭巾の武士の目がぎらりと光った。それに応えて、黒覆面の一人がすばやく細長い風呂敷包みを開いた。中身は銃身一尺五寸（約四十五センチ）ほどの銃である。

微行頭巾の武士は、無造作にそれを受け取ると、銃身の基部をカシャッと屈折させ、銃床を右肩につけて銃を構えた。男の姿をぴたりと目当《めあて》（照準）にとらえた。黒覆面の二人は草むらにひざまずいたまま、息を殺して見守っている。

〽秋の夜は　長いものとはまん丸な　月見ぬ人の心かも
更《ふ》けて待てどもこぬ人の　訪《おと》ずるものは鐘ばかり
数うる指も寝つ起きつ　わしゃ照られているわいな

小唄などを口ずさみながら、男が千鳥足でこちらに向かって歩いてくる。その距離およそ十二間（約二十二メートル）に迫ったとき、微行頭巾の武士の指が引き金にかかった。

バスッ！

鈍い炸裂《さくれつ》音とともに、男がもんどり打って転倒した。黒覆面の一人がすかさず立ち上がって男に駆け寄り、死体を検分して引きもどってきた。

「みごとに心ノ臓を撃ち抜いております」

「うむ」

微行頭巾の武士は満足げにうなずくと、もう一人の黒覆面に銃を手渡し、

「引き揚げる」

といって、傲然《ごうぜん》と踵《きびす》を返した。

半刻（一時間）後――。

三人の武士が屋敷の一室で酒を酌みかわしていた。

脇息《きょうそく》にもたれて酒杯をかたむけている五十がらみの恰幅のよい武士は、幕府御鉄砲方の田之倉外記《たのくらげき》。対座している二人の侍は、配下の与力・青柳徳之助《あおやぎとくのすけ》と井原源吾《いはらげんご》である。いずれも三十前後の屈強の武士だ。幕府の御鉄砲方とは、江戸城に常備されて

いる鉄砲の整備や修理を行う役で、定員は二名。御役料二百俵高、布衣《ほい》、躑躅《つつじ》の間席の旗本である。配下に与力十騎、同心三十五人がいる。

「それにしても大したものよのう、この銃は」

例の銃を手にしながら、田之倉外記がしみじみとつぶやいた。

「御意」

青柳徳之助がうなずくと、隣席の井原源吾が、

「火薬を使わずとも、あれだけの威力を発揮するのですから、まさに夢のような飛び道具でございます」

と追従《ついしょう》笑いを浮かべていった。

「世に鉄砲鍛冶は五万とおるが、これほどの銃を造れるものは、あの男をおいてほかにはおるまい」

つぶやきながら、田之倉は目を細めて陶然《とうぜん》と銃身に見入った。

じつはこの銃こそが、熊谷宿の宿はずれで賊に奪われた片岡京助の〝気炮〟であり、京助一行を襲った四人の賊は、田之倉の前に座している青柳と井原、そして配下の同心二名だったのである。

圧搾《あっさく》した空気で銃弾を発射させる〝気炮〟が国内ではじめて造られたのは、いまから六年前の文政二年（一八一九）である。製作者は近江国坂田郡国友村の国友藤兵衛。

藤兵衛が製作した〝気炮〟は、口径がおよそ四分（約十二ミリ）、銃身二尺五寸（約七十六センチ）、全長四尺七寸（約一メートル四十二センチ）、鉄製の銃身は白檀《びゃくだん》の皮で包まれており、機関部は真鍮《しんちゅう》製、銃床は皮製の空気溜《だめ》になっている。

この銃の機能上の唯一の欠点は、銃の本体とはべつに空気圧搾用のポンプが必要で、射撃のさいは気室部を取りはずし、そのポンプで皮製の空気溜に蓄気《ちくき》しなければならないことだった。空気圧を高めるために六百回ぐらいの蓄気が必要だったという。発射の準備にかなりの時間がかかったであろうことは想像にかたくない。

採算性にも問題があった。

一挺《ちょう》の製作に六十両もの大金を要する上、銃の機構そのものも従来の装薬銃とは比較にならぬほど複雑だったために、量産することができなかったからである。

とはいえ、藤兵衛の〝気炮〟が諸国の鉄砲鍛冶たちに多大な影響を与えたことだけはたしかだった。その後、何人かの鉄砲鍛冶や砲術家が〝気炮〟の製作に挑戦している。

松代藩の鉄砲鍛冶・片岡京助もその一人であった。

京助が三年の歳月をかけて造った〝気炮〟は、国友藤兵衛の〝気炮〟より銃身が一尺（約三十センチ）も短く、しかも藤兵衛のポンプ式に対して、発射ごとに銃身の基部を屈折させて蓄気するという画期的なものだった。これによって蓄気の手間と時間が大幅に短縮され、早撃ち、連発が可能になったのである。

「ところで……」

〝気炮〟の銃身を愛《め》でるように撫でながら、田之倉がじろりと二人を見た。

「その後の京助の様子はどうじゃ？」

「なかなか強情な男でして」

青柳が苦々しげにいう。

「貝のように口を閉ざしたまま、いまだに一言も——」

「食はとっているのか」

「当初はいっさい口にしませんでしたが」

答えたのは、井原である。

「さすがに空腹に耐えかねたのか、一昨夜から少しずつ」

「そうか」

田之倉がにやりと笑った。何やら意をふくんだ老獪《ろうかい》な笑みである。

「やつに死なれたら元も子もないからのう」

「念のために……」

青柳が腰を上げた。

「手前が様子を見にいってまいります」

一礼して部屋を出ると、青柳は中廊下から裏庭に出た。

築地塀《ついじべい》で囲まれた裏庭の西北の角に白壁の土蔵が立っている。

低い生け垣で仕切られた小径を通って土蔵の裏手に出た。土蔵の北側の壁に明かり採りの小さな格子窓がある。青柳は背伸びしてその窓から土蔵の中をうかがい見た。

土間のすみにぼんやり明かりがにじんでいる。柱にかけられた掛け燭《じょく》の明かりである。その明かりの中に、初老の男がうずくまっていた。片岡京助である。

土蔵に監禁されてから、依怙地《いこじ》に食事を拒《こば》んできたのだろう。顔色は青白く、えぐられたように目が窪《くぼ》み、頰はげっそり削げ落ちて、見る影もなくやつれている。

青柳の目が筵《むしろ》の上に置かれたままの夕食の膳に向けられた。飯も汁も菜もきれいに平らげてある。それを見届けて踵を返そうとすると、気配に気づいたのか、京助がふいに首をめぐらして格子窓を見上げた。

「わしに何の用だ?」

絞り出すような、低いかすれ声である。

「べつに用事はない。おまえの様子を見にきただけだ」

「御膳掛かりの者に伝えてくれ。今夜の飯はうまかったとな」

そういって京助は薄く笑った。ひもじさに負けたことへの自嘲なのか、青柳に対する精一杯の強がりなのか、笑みをにじませた口元がかすかに引きつっている。

「それは結構なことだ。おまえとは長い付き合いになりそうだからな。元気になってもらわなければ困る」

皮肉な笑みを返して、青柳は立ち去った。かすかなため息が京助の口から洩れた。眼窩《がんか》の奥の小さな目は、掛け燭の明かりを虚ろに見つめている。深い孤独感と絶望感、そして諦念《ていねん》。さまざまな感情が入り交じった暗い眼差しである。

5

「おぬしの留守中に、また事件が起きてな」

『稲荷堀』の堀端の道を歩きながら、市田孫兵衛が眉間に縦じわをきざんでいった。

幻十郎が江戸に帰着してから二日目の昼下がりである。孫兵衛がふらりと『風月庵』をたずねてきて、幻十郎を散策にさそったのである。

「今度は上野池之端で、弥助《やすけ》と申す出商いの男が殺された」

「得物はやはり〝気炮〟ですか」

「うむ」

苦い顔で孫兵衛は半白頭に手をやった。

「事件が起きた時刻に、付近で銃声を聞いた者は誰もいなかったそうじゃ。〝気炮〟

が使われたとみて間違いないだろう」

「孫兵衛どの」

幻十郎が足をとめて振り返った。

「どうやら賊は船を使って、片岡京助を江戸に拉致したようです」

「船を使って？」

「『天神丸』という高瀬舟です。松代藩の三人が賊に襲われたとき、ちょうどその船も近くの渡船場で荷を積み込んでいたそうで」

「なるほど……、船という手があったか」

「目下、歌次が『天神丸』の船主を調べております」

「ほかには？」

「侍の死体を見つけましたよ。熊谷宿の宿はずれの雑木林の中で」

「侍？　どこの侍じゃ」

それには答えず、幻十郎は懐中から例の印籠を取り出して、孫兵衛に示した。

「この印籠に心当たりはありませんか」

「どれ、どれ」

と受け取って見た孫兵衛の顔が、たちまち険しく曇った。

「梅鉢の紋所か……。ひょっとすると菅谷辰之進のものかもしれぬ」

「菅谷？」

「松代藩江戸詰めの近習頭じゃ」

孫兵衛は沈痛な表情で、その菅谷が江戸家老・不破儀右衛門の命を受けて、熊谷宿に探索に出向いたことを話し、

「一応、不破どのに確かめてもらおう。これはわしが預かっておく」

といって印籠をふところにねじ込むと、雑木林につづく小径に足を向けながら、

「賊は何の罪もない無辜《むこ》の民を標的《まと》にして〝気炮〟を楽しんでいる」

急に怒気をふくんだ口調でいった。

「まるで巻狩《まきが》りのようにな」

射殺された三人の男たちには、一つとして共通点がなかった。凶行の動機も理由もないまったくの無差別殺人である。鹿や猪、兎《うさぎ》などを撃ち殺すのと同じように、賊は〝気炮〟の銃口を無差別に町の者に向けて、「人間狩り」を楽しんでいるのだ。これほどの非道、これほどの没義道《もぎどう》はあるまい。

「このまま野放しにしておけば、第四、第五の犠牲者が出るのは火を見るより明らかじゃ」

孫兵衛がうめくようにいった。言外に〝仕事〟を急げといっているのである。幻十郎が黙っていると、孫兵衛がはたと足を止めて振り返った。いつになくきびしい目つ

きをしている。

「死神、いつものわしのせっかちと思うなよ。今度の〝仕事〟は一刻を争う……」

といいさすのへ、

「わかっております」

幻十郎がきっぱりと応えた。声はおだやかだが、吊り上がった両眼に凄気《せいき》がこもっている。孫兵衛はもうそれ以上何もいわなかった。ただ黙ってうなずき、「頼む」と小さく一言いっただけである。そしてゆっくり背を返し、大きな体を大儀そうにゆすりながら雑木林の奥に消えていった。


市田孫兵衛が去ってから一刻（二時間）ほどして、朝から探索に出ていた歌次郎が『風月庵』にもどってきた。薄汚れた半纏に鼠《ねずみ》色の股引き、ぼろぼろの手甲脚絆という、河岸人足ふうのいでたちである。

「何かわかったか？」

「へい」

河岸人足の変装のまま、歌次郎は囲炉裏端に座り込んだ。

「『天神丸』は、浅草花川戸《はなかわど》の船問屋『甲州屋《こうしゅうや》』の持ち船でしてね。あるじは嘉兵衛《かへえ》って男です」

「そいつは、どんな男なんだ？」

「評判は悪くありやせん。十年ほど前に甲州の鰍沢《かじかざわ》から裸一貫で出てきやしてね。おんぼろ船一隻《せき》で船問屋をはじめたそうです。それがいまでは持ち船五隻、舟子二十人をかかえる、花川戸でも三本の指に入る船問屋にのし上がったんですから、大したもんですよ」

「その船問屋を表看板にして、うしろ暗い商売をしてるようなふしはねえのか」

「あっしが調べたかぎり、そんな様子はありやせんね」

「だろうな」

幻十郎が薄く笑ってうなずいた。

「一代でそれだけの身代を築いた男だ。そう簡単に尻尾《しっぽ》は出さねえだろう」

「もう少し突っ込んで調べてみやしょうか」

「いや」

かぶりを振って立ち上がると、刀掛けの大刀を腰にたばさみ、

「鬼八《きはち》に探りを入れさせる。おめえは風呂にでも入ってのんびりしてくれ」

いいおいて、幻十郎は出ていった。

鬼八は、かつて南町奉行所の定町廻りをつとめていた幻十郎の亡父・神山源之助《かみやまげんのすけ》の手先（密偵）をしていた男である。父・源之助が病没したあと、鬼八はぷっつり消息

を絶ってしまったが、一年半ほど前に偶然両国で再会し、幻十郎に請われて「闇の刺客」の一員になったのである。

現在、鬼八は両国薬研堀《やげんぼり》の路地裏で『四つ目屋』をいとなんでいる。『四つ目屋』とは張形《はりかた》（女悦具）や媚薬《びやく》などを商う、現代でいうポルノショップのことである。

両国広小路に出たところで、幻十郎はふと思いついたように柳橋に足を向けた。花川戸の船問屋『甲州屋』の様子を自分の目でたしかめてみようと思ったのである。

浅草花川戸町は、吾妻《あずま》橋の西詰の北に位置する町屋で、西は浅草寺《せんそうじ》の盛り場、東は大川に接し、町の中央を奥州街道（別名・千住街道）が縦貫している。

大川に面する東側一帯は、川越と江戸をむすぶ荒川舟運の終着地として殷賑《いんしん》をきわめていた。河岸通りには土蔵造りの船問屋や船蔵がずらりと軒をつらね、荷を満載にした荷車や駄馬がひっきりなしに行き交い、まるで戦場《いくさば》のような喧騒が渦巻いている。

地鳴りのような轍《わだち》の轟音《ごうおん》。

もうもうと舞い上がる土埃《つちぼこり》。

荷揚げ人足たちの怒号、喚声。

仲買人たちの甲高い声。

そうした河岸特有の荒々しい活気が、歌舞伎でおなじみの俠客《きょうかく》「助六《すけろく》」や「幡随院長兵衛《ばんずいいんちょうべえ》」を生み出したのであろう。花川戸はまさに男の町といえた。

（あれか……）

幻十郎は河岸通りの北はずれで足を止めて、一方に目をやった。

船問屋『甲州屋』である。紺の大のれんにでかでかと屋号が染め抜かれている。間口は八間ほど、二階建て土蔵造りのどっしりした店構えである。店先には荒菰包みの船荷が山と積まれ、勇み肌の男たちが黙々と立ち働いていた。

幻十郎は何食わぬ顔で『甲州屋』の横の路地を抜けて大川端に出た。

『甲州屋』の裏手は船着場になっており、桟橋に数隻の高瀬舟が係留されていた。ここでも勇み肌の男たちが立ち働いている。

幻十郎の目がふと一隻の高瀬舟に止まった。船腹に『天神丸』の船名が記されている。全長三丈（約九メートル）、幅一丈七尺（約五メートル）、舳先《へさき》の高い三百石積みの川船である。建造されてからまだ間がないのだろう。船体には汚れも腐朽《ふきゅう》もなく、船板の木目がきれいに浮き出ている。

「何か御用で？」

ふいに背後で声がした。振り返ると、茶の紬《つむぎ》の羽織を着た商人ふうの男が立っていた。歳のころは四十二、三、やや面長でひげの剃《そ》りあとが濃く、商人にしては隙のないするどい目つきをしている。

「いや、べつに……、川を眺めにきただけだ」

はぐらかすようにそういって踵を返そうとすると、『甲州屋』の裏口から手代らしき若い男が出てきて、

「旦那さま」

と男に声をかけた。幻十郎の目が動いた。

「ただいま『近江屋《おうみや》』さんの使いの方がお見えになって、今夜、寄り合いがあるのでぜひお越しいただきたいと……」

「場所はどこだい？」

「元鳥越《もととりごえ》の『喜楽《きらく》』でございます」

「わかった」

男はちらりと幻十郎に目礼して、裏口に消えていった。

（あの男が『甲州屋』のあるじ・嘉兵衛か）

路地をもどりながら、幻十郎は胸の中でつぶやいた。

甲州鰍沢から裸一貫で江戸に出てきてわずか十年、ぼろ船一隻からあれだけの船問屋を築き上げた男だけに、なるほど、したたかな面構えをしている。しかし、そのしたたかさは、まっとうな商いで汗を流してきた商人のそれとは明らかにちがった。どことなく陰湿で背徳的な翳《かげ》りをただよわせたしたたかさである。漠然とだが、幻十郎はそんな印象を受けた。

神田川の下流に架かる柳橋を渡って、両国広小路《ひろこうじ》に出た。

陽がかたむきはじめている。

両国広小路は江戸有数の盛り場である。終日人の往来が絶えない。

雑踏を縫《ぬ》うようにして、幻十郎は米沢《よねざわ》町の路地に足を踏み入れた。その路地を抜けると薬研堀の堀端の道に出る。道の左側には料亭や小料理屋、居酒屋、煮売屋《にうりや》などがひしめくように軒をつらねている。

鬼八の『四つ目屋』は、堀端から一本裏に入った路地の一角にあった。間口一間半ほどの小さな店である。軒下に『四つ目屋』を示す〝四つ目結び〟の軒行灯《のきあんどん》がかかっている。陽当たりが悪く、あたりは夕暮れのように薄暗いが、むろんまだ灯《ひ》が入る時刻ではない。

腰高障子を引き開けて中に入った。入るとすぐ二坪ほどの土間になっており、その奥は板敷になっている。正面は衝立《ついたて》、右の壁一面に数段の棚があり、その上にさまざまな形の張形が並べられている。左の薬簞笥《くすりだんす》は媚薬を収納するものだろう。

「いらっしゃいまし」

低い声とともに、衝立の陰から額の禿《は》げ上がった四十がらみの男が姿を現した。

「あ、旦那」

土間に立っている幻十郎を見て、男はにっと黄色い歯を見せた。鬼八である。

「ちょっと、いいか？」

「へい。どうぞ」

幻十郎を奥の六畳間に招じ入れると、鬼八は火鉢の鉄瓶の湯を急須にそそいで茶をいれながら、

「仕事ですかい？」

と上目づかいに訊いた。

「おめえ、花川戸の『甲州屋』って船問屋を知ってるか」

「へい。名前だけは聞いたことがありやす。それが何か？」

「じつはな」

茶をすすりながら、幻十郎は一連の発砲事件の子細を語り、

「その〝気炮〟を造った片岡京助って鉄砲鍛冶だが、どうやら『甲州屋』の船で熊谷から江戸に拉致されたふしがあるんだ」

「つまり、三人を襲った賊と『甲州屋』がつるんでたってことですかい？」

「たしかな証拠はねえが――」

「旦那の勘が、何よりの証《あかし》ですよ」

鬼八は笑ってそういったが、決して世辞ではなかった。世辞をいう間柄でもない。かつての幻十郎は南町奉行所一といわれた敏腕の定町廻り同心だった。数々の難事件

っている。

を解決にみちびいた幻十郎の洞察力とするどい勘働きは、いまでも南町の語り草にな

「わかりやした。いっぺん探りを入れてみやしょう」

「これは当座の費用《かかり》だ」

幻十郎はふところから小判を一枚取り出して、鬼八の前においた。

「いつも申しわけありやせんねえ。じゃ遠慮なく」

と押しいただくようにして小判を受け取り、空になった幻十郎の湯飲みに急須の茶

をそそごうとしたとき、店の腰高障子ががらりと開く音がして、

「鬼八つァん、いるかい？」

男の声が飛んできた。

「ちょいと失礼」

と鬼八は部屋を出ていったが、店の戸口で来訪者と二言三言ぼそぼそと言葉を交わ

したかと思うと、すぐにもどってきた。

「客か？」

「いえ、あっしの同業で……。悪い知らせを持ってきやした」

「悪い知らせ？」

「仲間の一人が、ゆんべ柳原《やなぎわら》の土手で喧嘩《けんか》に巻き込まれて死んだそうで」

「ふーん」

幻十郎が気のない顔でうなずくと、鬼八は嘆くような口調で、

「このところ神田、両国、浅草界隈《かいわい》でやくざ同士の喧嘩がやたらに増えやしてねえ。おちおち夜遊びもできやせんよ」

「やくざ同士?」

「深川の羅漢寺《らかんじ》一家と本所の船戸《ふなと》一家が縄張り争いをしてるらしいんで」

「そいつは物騒な話だ。せいぜいおめえも気をつけることだな」

いいながら、幻十郎はゆっくり腰を上げた。

第二章　博奕船

1

　浅草寺本堂の裏手は、葦簾《よしず》掛けの水茶屋や料理屋、矢場、見世物小屋、床店《とこみせ》などが立ち並ぶ江戸屈指の盛り場で、俗に「奥山」と呼ばれている。

　この奥山は、大道芸人のメッカでもあり、軍事講釈や辻講釈、居合抜き、独楽《こま》廻し、綾取《あやと》り、手妻《てづま》（手品）、軽業などが随所に出て参詣《さんけい》客たちの人気を集めていた。そうした大道芸人のほとんどは、南本所の横網《よこあみ》町に拠点をおく香具師《やし》の元締め・船戸《ふなと》の市《いち》兵衛《べえ》に上納金を払い、その庇護《ひご》のもとに場所の確保や身の安全を得ているのである。

　本堂からやや離れた場所に、木刀を右手に下げて仁王立ちしている浪人がいた。歳のころは三十二、三。彫りの深い精悍《せいかん》な顔立ちをした浪人者である。名は立花伊織《たちばないおり》という。浪人のかたわらには、

〈打ちこみ一本二十文〉

と書かれた旗竿《はたざお》が立っている。

日暮れとともにしだいに人出が増えて、あちこちの大道芸人の周囲には人垣ができはじめたが、伊織の前で足を止める者は誰もいなかった。だが、伊織は一向に意に介さない。目の前を素通りしてゆく人々を呼び止めようともせず、右手に木刀をだらりと下げたまま泰然自若《たいぜんじじゃく》、ただ黙って仁王立ちしている。

四半刻（三十分）ほどたったころだった。どこかで一杯ひっかけてきたのか、ほろ酔い機嫌の職人体の男がふと足を止めて、

「ご浪人さん」

と声をかけてきた。伊織がじろりと見返した。まったくの無表情である。

「『打ち込み一本二十文』てのは、どういう芸なんだい？」

「…………」

伊織は無言で木刀を差し出した。

「へ？」

「これでわしを打て」

木刀を男に手渡すと、伊織はふところから手拭《てぬぐ》いを取り出して、おもむろに目隠しをした。木刀を手渡された男は、戸惑うような表情で突っ立っている。それを見て通

りすがりの人々が足を止めた。喧嘩でもはじまったのかと思ったのだろう。たちまち人垣ができた。

「遠慮はいらぬ。その木刀で思い切りわしを打て」

「へ、へい」

「見事わしを打ったら、いや、打てぬまでも、木刀が少しでもわしの体に触れたら一朱くれてやる。もし打ち損じたら、おまえがわしに二十文払う。そういう芸だ」

「なるほど」

合点がいったように、男はにやりと笑って木刀を上段に振りかぶった。目隠しをした伊織は両手を大きく左右に開いて、

「さァ、こい」

といわんばかりに男の前に立はだかった。男は上段に構えた木刀をゆっくり下げおろすと、両手のひらにぺっと唾《つば》を吐きつけて木刀をにぎり直し、今度は正眼に構えた。

伊織は両手を左右に開いたまま、身じろぎひとつしない。

見物の人垣が固唾《かたず》を呑んで見守っている。

男は木刀の尖端をわずかにゆらしながら左に廻り込んでゆく。打ち込まずに左から「突く」作戦らしい。伊織は体を正面に向けたまま微動だにしない。

男がじりじりと足をすりながら間合いを詰めてゆく。

その距離およそ一間。

と見た瞬間、男が地を蹴って猛然と突進し、諸手《もろて》にぎりの木刀を伊織の左脇腹目がけて一直線に突き出した。職人体にしては思いもよらぬ俊敏《しゅんびん》な動きであり、勢いだった。見物の人垣からどよめきが起きた。

一瞬、木刀の尖端が伊織の左脇腹をしたたかに突いたかに見えた。見物人の誰もがそう思っただろう。だが、次の刹那《せつな》、男の体が大きく前にのめり、ぶざまに地面に這《は》いつくばっていた。伊織が紙一重の差で横に跳んでかわしたのである。

見物人からやんやの喝采《かっさい》と拍手がわき起こった。

男は気恥ずかしそうに立ち上がり、二十文の銭を浪人の足元に投げ出すと、逃げるように走り去った。伊織がゆっくり目隠しをはずして、

「次！」

見物の人垣を見渡しながら、木刀を突き出した。

「腕に覚えのある者はおらんか。わしを打ち込んだら一朱だぞ」

とたんに拍手喝采が鳴りやみ、人垣は水を打ったように静まり返った。誰も名乗りを上げる者はいない。鼻白《はなじろ》むように見物人たちがぞろぞろと立ち去りはじめた。伊織は無表情でそれを見送りながら、足元に散らばった銭を拾い集めた。そこへ、

「先生！　立花先生！」

紺の法被《はっぴ》をまとった男が、血相変えて突っ走ってきた。香具師の元締め・船戸一家の長吉《ちょうきち》という若い者である。

「どうした？　長吉」

「け、喧嘩です！　うちの若い者が袋叩きにあってやす！」

「相手は羅漢寺一家か？」

「へい。助っ人をお願いしやす！」

「よし」

うなずくなり、伊織は旗竿と木刀を小脇にかかえて走り出していた。長吉も法被をひるがえして、そのあとを追う。

「場所はどこだ」

走りながら、伊織が訊《き》いた。

「蛇骨長屋《じゃこつ》です」

蛇骨長屋とは、浅草寺の西南、伝法心院本坊《でんぽうしんいんほんぼう》の裏手にある町屋の名である。町名の由来は定かでないが、一説にはその地から蛇の骨が多数掘り出されたことからその名がついたといわれている。

町の北はずれに古い湯屋がぽつんと立っている。その湯屋の薪《たきぎ》用の廃材置場で、数人の男が入り乱れて喧嘩をしていた。黒の印半纏《しるしばんてん》を着た羅漢寺一家のやくざ者六人と、船戸一家の身内三人の乱闘である。数にまさる羅漢寺一家は、手に手に棒切れや石塊《いしくれ》などを持って、逃げまどう船戸一家の若い者をめった打ちにしている。

「やめろ！」

大声を張り上げながら、伊織が駆けつけてきた。そのあとを長吉が追ってくる。

「な、なんだ！　てめえは」

一人が振り向いた。六人の中でもひときわ屈強の男である。羅漢寺一家の小頭《こがしら》・卯三郎《うさぶろう》である。

「見たとおりの素浪人だ」

「余計な手出しをしやがると、てめえもただじゃおかねえぜ」

卯三郎がどすの利いただみ声で精一杯凄んでみせたが、伊織はたじろぐふうもなく、

「その喧嘩、わしが買ってやる」

傲然《ごうぜん》といい放ち、木刀を正眼に構えた。

「な、なんだとォ！」

「さ、かかってこい」

「ふざけやがって！　おい、やっちまえ！」

「おう！」

六人の男たちがいっせいに身をひるがえして躍りかかってきた。

ぶん！

伊織の木刀がうなりを上げて一人の頭上に飛んだ。わっと悲鳴が上がった。男の額が割れて血が噴き飛んだ。間髪をいれず、もう一人の胴を横殴りに打ちすえ、左から襲いかかってきた男の棍棒《こんぼう》をはね上げると、すぐさま背後にまわり込んで、肩口に木刀を叩きつけた。一分の無駄もない、流れるような動きである。

「ち、ちくしょう！」

残る三人がやおら匕首《あいくち》を抜き放ち、

「死にやがれ！」

必死の形相で斬りかかってきた。が、それより速く、伊織の木刀が先頭の男の匕首を叩き落としていた。同時に地を這うほど低く身を沈めて、もう一人の男の脛《すね》をしたたかに打ちすえた。男は悲鳴を上げてその場にへたり込んだ。

「くそっ！　退《ひ》け、退けっ！」

卯三郎がわめいた。地面に這いつくばっていた子分どもがよろよろと立ち上がり、算を乱して逃げ出した。

「おい、大丈夫か」

長吉が声をかけながら、倒れている三人の男のもとに走り寄った。伊織も心配そうに駆けつけてきた。三人ともかなりの深手《ふかで》を負い、全身血まみれである。だが息はあった。一人は自力で立ち上がり、ほかの二人を伊織と長吉がかかえ起こした。

「歩けるか」

「へ、へい」

弱々しくうなずくと、三人は気力をふるって、ゆっくり歩を踏み出した。


南本所の横網町に、俗に「椎《しい》ノ木屋敷」と呼ばれる武家屋敷があった。肥前平戸《ひぜんひらと》藩・松浦豊後守《まつうらぶんごのかみ》の上屋敷である。邸内に樹齢数百年の椎の巨木があるところから、俚《り》俗《ぞく》にそう呼ばれたのである。

（椎の木は殿様よりも名が高し）

と川柳に詠《よ》まれているように、横網町といえばまず第一に「椎ノ木屋敷」が挙げられるほど、江戸では有名だった。その「椎ノ木屋敷」から南に一丁（約百十メートル）ほど下がった入堀の南岸に、香具師の元締め・船戸の市兵衛の家があった。周囲を黒《くろ》船板塀《ふないたべい》でかこわれた敷地二百坪、建坪八十坪ほどの大きな家である。

その一室で、立花伊織は酒を飲んでいた。さきほどの三人は別の部屋で怪我の手当てを受けている。ややあって背後の襖《ふすま》がからりと開き、五十がらみの男が入ってきた。この家のあるじ・船戸の市兵衛である。小柄だが骨太のがっしりした体軀《たいく》、するどく切れ上がった目、きりっと引き締まった口元。香具師の元締めというより、ひとかどの武士を想わせる風貌である。

「三人の怪我の塩梅《あんばい》はどうだ？」

伊織が顔を上げて訊いた。市兵衛は一礼して伊織の前に端座した。

「おかげさまで、医者の話によりますと、三人とも大事ないとのことでございます」

「そうか。それはよかった」

「先生のご助勢のおかげでございます。あらためて御礼を申し上げます」

「礼にはおよばんさ。それより元締め、ちかごろ羅漢寺一家と揉めごとが絶えないそうだが、なにか事情《わけ》でもあるのか？」

「いえ、手前どもにはいっさいございません。羅漢寺一家が手前どもの縄張りをねらって一方的に喧嘩を売ってきてるんで」

「縄張りを？」

「やつらにしてみれば、手前どもの縄張りが宝の山に見えるんでしょうよ」

そういって、市兵衛は不敵に笑ってみせた。

船戸一家は、両国広小路や浅草界隈の盛り場を縄張りにしている。その収入源は酒色を商う店からの見ケ〆《みかじめ》料や見世物小屋、露天商、大道芸人からの上納金などで、年間の総収入は二、三千石の旗本に匹敵するといわれている。

対する羅漢寺一家は、深川の浜十三町を根城にする新興の博徒集団だが、非合法の博奕《ばくち》をおもな収入源としているだけに、船戸一家のそれとは雲泥の差があった。勢力拡大のためには何としても船戸一家の縄張りに食い込みたい、というのが羅漢寺一家の野望であり悲願だったのである。貸元の五郎蔵《ごろぞう》は、つねづね周囲の者たちに、

「船戸一家の縄張りを、全部とはいわねえが、せめて半分だけでも手に入れなきゃ釣り合いがとれねえ」

と公言してはばからなかったという。

「その五郎蔵がいよいよ手前どもに戦《いくさ》を仕掛けてきたのです」

市兵衛が険しい顔でいった。

「だがな、元締《ちょく》め」

空になった猪口に酒を注ぎながら、伊織が見返した。

「喧嘩両成敗は室町《むろまち》幕府からの定法《じょうほう》だ。これ以上騒ぎが大きくなれば町奉行所が動き出す。そうなれば船戸一家もただではすまんぞ」

「重々承知しておりますよ。もとより手前どものほうから仕掛けるつもりは毛頭ございません。ただ……」

と言葉を切って、市兵衛は深々と吐息をついた。

「——ただ?」

「振りかかった火の粉は、払わなきゃなりませんからねえ」

「売られた喧嘩は受けて立つ、と申すのか」

「そのことで、先生に折り入ってご相談が」

市兵衛がつと膝《ひざ》を進めていった。

「手前どもの用心棒になっていただけませんでしょうか」

「用心棒？」

「正直申し上げて、先生は大道芸には不向きでございます。『打ち込み一本二十文』の芸だけでは、とてもこの先なりわいは立ちますまい」

「うむ」

痛いところを突かれたという顔で、伊織はむっと押し黙った。

市兵衛に指摘されるまでもなく、自分の芸が金にならないことは百も承知だった。奥山での一日の稼ぎはせいぜい五、六十文。船戸一家への上納金も滞《とどこお》っているばかりか、この数カ月は逆に市兵衛から金を借りて糊口《ここう》をしのいでいる有り様なのである。

「ま、たしかに不向きといわれれば、不向きかもしれんが……」

「お手当は月に一両」

ここぞとばかり市兵衛が条件を提示する。

「住まいは手前どもの離れを使っていただきます。むろん三度の食事付きで」

「悪い話ではないな」

「ご承諾いただけますか?」

「わかった。その仕事引き受けよう」

「ありがとう存じます。先生がついていてくだされば心強うございます。これからは羅漢寺一家もそうおいそれと手出しはできんでしょう」

市兵衛は両手をついて深々と低頭した。

2

その夜、五ツ(午後八時)ごろ——。

浅草花川戸の船問屋『甲州屋』に、四十年配の男がひっそりとたずねてきた。

羅漢寺一家の貸元・五郎蔵である。ずんぐりした体のわりには、顔が異様に大きい。その大きな顔に、黒くて太い眉《まゆ》や達磨《だるま》のように大きな目、こんもり盛り上がった小鼻、分厚い唇が配され、まるで獅子頭《ししがしら》のように凶暴な面構えをしている。

あまたの修羅場をくぐってきたこの男は、面構えだけではなく、性格もきわめて凶暴で深川界隈の破落戸《ごろつき》たちからは「鬼の五郎蔵」と呼ばれて恐れられていた。その五郎蔵が『甲州屋』のあるじ・嘉兵衛の前で、

「うちの若い者もだらしがねえ」

とめずらしく愚痴《ぐち》を吐いた。今夕浅草蛇骨長屋で起きた喧嘩の件である。

「六人も頭数をそろえておきながら、たった一人の素浪人に蹴散らされちまうなんて、話になりやせんや」

「素浪人、といいますと？」

「あっしもくわしいことはよく知らねえんだが、若い者の話によると、奥山で大道芸をしてる浪人者だそうで」

「なるほど」

嘉兵衛がしたり顔でうなずいた。

「奥山には『居合』や『独楽の刃渡り』などの大道芸で口すぎをしている浪人が五、六人はいますからねえ」

「そいつらが束《たば》になってかかってきたら、うちの身内だけじゃとても歯が立ちやせん。いまのうちに何とか手だてを講じなきゃ、逆にこっちがつぶされちまいますよ」

太い眉を寄せて、五郎蔵が苦々しくいった。

「喧嘩は力しだいです。三の相手には四、四の相手には五を備えなければ勝ち目はありません。このさい五郎蔵さんのところも腕の立つ浪人者を三、四人かかえ込んだらいかがですか」

「むろん、それも考えたんだが、浪人者をかかえ込むとなると、それなりの……」

「費用《かかり》のことですか」

「うん、まあ……」

「それなら心配ご無用。金のことなら手前どもにおまかせください。五郎蔵さんとは長い付き合いですし、お互いに持ちつ持たれつの間柄ですから」

「そういってくれると、ありがたいが――」

五郎蔵は殊勝らしく頭を下げたが、じつのところ、嘉兵衛がそういってくれるのを期待して『甲州屋』をたずねてきたのである。

「せっかくおいでになったんですから、一献いかがですか？　すぐ支度させますから」

「いや、いや」

五郎蔵が手を振った。

「そんなつもりできたんじゃありやせん。近くを通りかかったんで、ついでにちょいと賭場《とば》の様子を見ていこうかと思いやして」

「そうですか。じゃさっそくご案内しましょう。どうぞ」

と五郎蔵を裏口から船着場に案内した。

桟橋に一隻の高瀬舟がもやっている。桟橋から船の上に渡り板が架けてあり、その前に提灯《ちょうちん》をぶら下げた『甲州屋』の若い者がひとり、所在なげに立っていた。

「五郎蔵さんがお見えになった。ちょっと中の様子を見させてもらうよ」

嘉兵衛が声をかけると、「どうぞ」と男が道を開けた。

二人は渡り板を上って船尾の甲板に立った。

胴ノ間に山積みにされた船荷の陰から明かりが洩れている。船行灯《ふなあんどん》の明かりである。

その明かりの中で、十四、五人の男が車座になって丁半博奕に興じていた。

船荷の山に囲われた空間は、およそ八畳。床には花茣蓙《ござ》がしかれ、片隅には煖《だん》をとる手焙《てあぶ》りや酒肴《しゅこう》の膳部なども用意されている。まさに本格的な賭場だった。

じつはこの船中賭博《とばく》こそが、『甲州屋』をわずか十年で花川戸屈指の船問屋にのし上がらせた〝裏の稼業〟だったのである。

当初は五郎蔵が『甲州屋』の持ち船を借りて博奕をはじめたのがそもそものきっかけだったが、それに目をつけた嘉兵衛が船中賭博をすべての持ち船に導入し、〝専業〟として拡大させたのである。

船中での博奕なら人目につく恐れもないし、万一、町方役人に見とがめられても、すぐに船を出して逃げることもできる。開帳者はもちろんのことだが、何よりも客が安心して博奕に打ち込めるのが、船中賭博の最大の売りだった。これが図に当たって博奕好きの客が連日連夜押しかけるようになり、いつしか『甲州屋』の高瀬舟は「博奕船」と呼ばれるようになった。

幕末の戯作者・河竹黙阿弥《かわたけもくあみ》も自著の登場人物に、

「花川戸の新河岸で『博奕船』の船頭を相手に野天丁半をいたしましたが、すどり（手入れ）にあって逃げ場を失い……（云々）」

という台詞《せりふ》を吐かせているが、『甲州屋』が高瀬舟の中で博奕をはじめたのは、それより十数年も前のことだから、まさに「博奕船」の草分けといえた。

「あいかわらず盛況のようで」

船尾の甲板から胴ノ間の賭場の様子を見おろしながら、五郎蔵がにんまり笑ってみせると、嘉兵衛も満足そうな笑みを返し、

「おかげさまで」

と軽く頭を下げて、ふたたび胴ノ間に目をやった。

この賭場を取り仕切っている中盆《なかぼん》や壺振《つぼふ》りは、五郎蔵が差し向けた子分である。その見返りとして羅漢寺一家には寺銭の一割が入ってくる仕組みになっていた。これが嘉兵衛のいう「持ちつ持たれつの間柄」なのである。

「風が出てきましたな」

嘉兵衛がぶるっと体を震わせた。身を切るような川風が吹き抜けてゆく。

「もどりやしょうか」

と五郎蔵が背を返したときである。胴ノ間の賭場の客の一人がふと顔を上げて、船を下りてゆく二人のうしろ姿にするどい目を向けた。

客になりすました鬼八だった。

幻十郎が薬研堀の鬼八の『四つ目屋』をたずねてきたのは、それから二日後の夕刻だった。鬼八はちょうど夕飯の支度にとりかかったところで、火鉢のわきに置かれた箱膳の上には、近くの菜屋で買ってきた野菜のてんぷらや佃煮《つくだに》、ぬか漬けなどが並んでいた。

あわてて膳を片づけようとする鬼八を制して、どかりと腰を下ろすなり、

「何かわかったか？」

幻十郎が急《せ》き込むように訊いた。

「へえ、明日あたり、旦那のところにお邪魔しようと思っていたところで」

そういいつつ、鬼八は台所から一升徳利と猪口を持ってきて、

「何もありやせんが、どうぞ」

と酒を注ぎながら、

「『甲州屋』と羅漢寺一家がつながっておりやしてね」

「ほう」

幻十郎は意外そうに目を細めた。

「そいつは妙な取り合わせだな」

「それが妙じゃねえんですよ」

「わからんな。いったいどういうことなんだ？」

「その二人が手を組んで、高瀬舟の中で賭場を開いていたんで」

「船の中で博奕を？　花川戸の船着場でか」

「江戸は花川戸だけです」

「江戸は？……というと、ほかでもやってるのか」

「へい」

前述したように、武州川越と江戸をむすぶ荒川には、二十四カ所の渡船場や河岸場がある。鬼八の調べによると、『甲州屋』はその十数カ所に拠点をおき、羅漢寺一家の息のかかった土地のやくざ者に客を集めさせて、毎晩のように「船中賭博」を開帳しているという。

「熊谷宿の佐谷田の仙太郎って博徒もその一人だそうですよ」

「なるほど」

それでつじつまが合った。幻十郎の読みどおり、松代藩の鉄砲鍛冶・片岡京助は、『甲州屋』の高瀬舟で江戸に拉致されたのだ。むろん、その手助けをしたのは、羅漢寺一家の息のかかった佐谷田の仙太郎一家である。

問題は、京助一行を襲った実行犯の正体である。それがまだ見えてこない。

『甲州屋』の嘉兵衛が、佐谷田の仙太郎一家を使って京助一行を襲ったとは考えにくいし、仮に〝気炮〟を奪うことが目的だったとしても、京助がそれを所持しているという情報を、一介の船問屋のあるじが事前に入手するのは至難のわざであろう。

「『甲州屋』の背後で糸を引いてる者がいる。そいつが事件の首謀者だ」

独語するように、幻十郎が低くつぶやいた。それを受けて鬼八が、

「用心深い男でしてね。なかなか尻尾を出しやせんが、そのうちかならずあっしが……」

嘉兵衛の尻尾をつかんでやる、と意気込むのへ、

「おめえは面が割れてる。気をつけたほうがいいぜ」

「心配にはおよびやせん。昔の手づるを使って洗ってみやすよ」

鬼八は自信ありげに笑ってみせた。昔の手づるとは、鬼八が幻十郎の亡父の手先をしていたときに使っていた「口問《くちど》い」（情報屋）のことである。

「金はあるのか？」

猪口の酒を呑みほして、幻十郎が訊いた。口問いに支払う金を心配しているのである。

「へい。先日いただいた一両が、まだいくらか……」

「今度の仕事は手間と金がかかる」

そういって、幻十郎はふところから小判を一枚取り出して畳の上にぽんと投げ出す

と、頼んだぜといいおいて部屋を出た。

表には夕闇が迫っていた。

あちこちの軒端に明かりが灯りはじめ、その明かりにさそわれるように仕事じまいのお店者や職人、出商いの男たちが陸続と流れ込んでくる。

幻十郎は米沢町の路地を歩いていた。ここにも人があふれている。

淫靡《いんび》な明かりに彩られた場末の盛り場である。人足とも破落戸《ごろつき》ともつかぬ薄汚れた男たちがひっきりなしに行き交い、居酒屋や煮売屋の破れ障子から洩《や》れてくる焼き魚の煙や煮汁の臭いなどが、路地のすみずみにただよっている。

この盛り場に足を踏み入れるのは一年半ぶりだった。南町奉行所の定町廻りをつとめていたころは、朋輩《ほうばい》たちと仕事帰りにしばしばこの盛り場に立ち寄り、『彦六《ひころく》』という居酒屋で安酒を酌みかわしたものである。

その『彦六』の提灯が目の前にあった。

幻十郎は吸い込まれるようにその店に入った。

陽が落ちてまだ間がないというのに、店の中は雑多な客で混んでいた。

戸口のそばに空いた席を見つけて腰を下ろすと、すかさず店の亭主がいらっしゃいましと声をかけてきた。幻十郎にとっては十数年来のなじみの顔だが、むろん亭主は変貌した幻十郎に気づいていない。名は彦六。つまり、亭主は自分の名をそのまま屋号にしてしまったのである。

ほどなく注文した燗酒《かんざけ》と烏賊《いか》の煮つけが運ばれてきた。幻十郎は猪口に注いだ酒をなめるように呑みながら、ぼんやり店の中を見まわした。

煤《すす》で真っ黒になった天井、油煙《ゆえん》がしみ込んで黒光りする柱、掛け行灯の笠は煙草《たばこ》の脂《やに》で真っ黄色に染まり、夕暮れのようにほの暗い明かりをにじませている。

まるで時間《とき》が止まってしまったかのように、何もかもが一年半前と同じだった。

（あれから一年半か……）

ほろ苦い感懐が、幻十郎の胸に込み上げてきた。

3

文政六年（一八二三）の春――。

その日、神山源十郎（幻十郎）は、七ツ半（午後五時）ごろ南町奉行所を出て帰途についた。数奇屋橋の奉行所から八丁堀の組屋敷までは四半刻（三十分）ほどの距離である。

源十郎の組屋敷は八丁堀の鍛冶町通りにあった。家そのものは小ぢんまりとした小屋敷だが、敷地は意外に広く百坪ほどある。その組屋敷で、源十郎は妻の織絵《おりえ》と二人で暮らしていた。当時、源十郎は二十七歳、織絵は七つ下の二十歳。結婚して二年になるが、子供がいないせいか、新婚のように仲むつまじい夫婦生活を送っていた。

もっとも定町廻りという職務柄、源十郎が定刻どおりに帰宅できるのはごくまれなことで、夫婦水入らずで夕食を共にすることもめったになかった。それだけに、

(ひさしぶりに織絵と夕飯が食える)

と思うと、いきおい帰宅の足も速まった。

組屋敷の木戸門をくぐり、心はやる思いで玄関から式台に上がったときである。

源十郎の胸にふと不吉な予感が奔《はし》った。いつもなら足音を聞いただけで、お帰りなさいましと奥から飛んでくる織絵が、迎えに出てこない。しかも屋内には一穂《いっすい》の明かりもなくひっそりと静まり返っている。時刻はもう六ツ(午後六時)に近い。こんな時刻に織絵が外出することはめったになかった。

(妙だな)

小首をかしげながら廊下に足を運んだ。異変に気づいたのはそのときだった。奥の部屋からかすかなあえぎ声が洩れてくる。そのあえぎ声が、織絵の悲痛なすすり泣きの声とわかったのは、奥の部屋の前に立った瞬間だった。

(あっ!)

一瞬、源十郎は頭を鈍器で殴られたような衝撃を受けて、敷居ぎわに立ちすくんだ。

その目に飛び込んできたのは、むき出しになった織絵の白い脚だった。その上に着物の裾《すそ》をたくし上げた男がおおいかぶさり、腰を激しく律動させている。男の下で猿ぐつわを噛まされた全裸の織絵が、声にならぬ叫びを上げていた。

「き、貴様ッ！」

源十郎の怒声に、男が仰天して振り返った。その男の顔を見て、源十郎はさらに驚愕した。

「吉見ッ！　同じ南町奉行所の隠密廻り同心・吉見伝四郎《よしみでんしろう》だった。人の女房になんということを！」

「すまぬ」

ひと言、小さな声でそういうと、吉見はあわてて身づくろいをし、体《たい》をひるがえして脱兎《だっと》のごとく逃げ出した。が、それより速く、源十郎の刀が鞘走《さやばし》っていた。

「うわッ」

背中を袈裟がけに斬られた吉見は、よろけながら廊下に飛び出した。源十郎は血刀をひっ下げて追った。逃げる吉見の背中に廊下で一太刀を浴びせ、さらに玄関でとどめの一刀を脇腹に突き刺した。吉見は断末魔の叫びとともに式台から土間に転げ落ち、口から血泡を噴いてぶざまに絶命した。

源十郎はすぐさま奥の部屋にとって返した。そこに見たのは信じられぬ光景だった。織絵が血の海に突っ伏していた。吉見に凌辱《りょうじょく》された体を長襦袢《ながじゅばん》でつつみ隠し、護身用の懐剣で喉を突いて果てたのである。すでに息は絶えていた。

「織絵……、織絵ーッ！」

血まみれの織絵の体をかき抱いて、源十郎は号泣した。


騒ぎを聞きつけた近隣の同心たちの通報で、ほどなく南町奉行所から上役与力や同心たちが駆けつけてきた。源十郎はその場で捕縛され、小伝馬町《こでんまちょう》牢屋敷の揚屋《あがりや》に収監された。

揚屋は御目見得以下の直参や陪臣、医者、僧侶などが収容される獄房である。獄房といっても「禁錮」を目的とする牢ではなく、吟味（裁判）中の未決囚人を収監する、現代の拘置所のようなところだった。

その揚屋で、源十郎は連日吟味与力・大庭弥之助《おおばやのすけ》の厳しい取り調べを受けた。

吉見伝四郎斬殺の動機は、吉見に凌辱されて自害した妻・織絵の報復――俗にいう「妻敵討《めがたき》ち」である。誰の目にも非は吉見にあり、斬った源十郎に理があることは明らかだったが、しかしこの時代の武士の通念として、「妻敵討ち」は単なる激情犯であり、正当な敵討ちにあらず、という見方が支配的だった。

もし吟味与力の大庭弥之助が、源十郎の行為を「妻敵討ち」と判断すれば、その正当性は黙殺され、痴情怨恨《えんこん》による刃傷事件として裁かれるにちがいなかった。つまり、決裁の行方は大庭弥之助の胸三寸にかかっていたのである。

だが、源十郎にとって裁きの結果はどうでもいいことであった。「妻の敵」を討ったのは厳然とした事実であり、それを否定するつもりは毛頭なかった。極刑が下されれば、甘んじて受ける覚悟もできていた。

武士の最高刑は自裁、すなわち切腹である。なまじ遠島刑などを受けて生き長らえるより、いさぎよく腹を切って織絵のもとへいければ本望だと思っていた。

ところが捕縛されてから四日後、思いもよらぬ沙汰《さた》が下された。

——斬罪。

である。これは身分の低い侍や大罪を犯した侍などに例外的に適用される刑罰で、「妻敵討ち」に対する処罰としてはきわめて異例の刑といえた。いやしくも源十郎は直参の幕臣である。なぜだ！　という疑念が真っ先によぎった。次いで口をついて出たのは、

「そのご沙汰、承服しかねる！　腹を切らせてもらいたい！」

肺腑《はいふ》をしぼるような悲痛な声だった。

だが、どんなに声高に異をとなえようが、一度下された裁決がくつがえることは絶対にありえない。それを誰よりも知っているのは、源十郎自身だった。

——なぜだ？

源十郎の口からまた同じ言葉が洩れた。

なぜ切腹ではなくて、斬罪なのか。

町方同心とは、それほど軽い身分なのか。

深い絶望と疑念、そして怨嗟《えんさ》の思いが源十郎の胸にこみ上げてきた。

刑は即刻執行された。

時刻は七ッ（午前四時）をまわったばかりである。こんな朝早く刑が執行されるのも異例のことであった。牢屋敷内の刑場に引き出された源十郎は、顔に面紙《めんがみ》（目隠し）を当てられ、刑場のすみの切場《きりば》（俗に土壇場という）に引きすえられた。立ち会い人は牢屋同心一人だけである。

がつっ。

首打ち役人の刀が振り下ろされた。おびただしい血とともに、切断された源十郎の首は面紙を当てたまま切場の穴に落ちていった。この瞬間に、南町奉行所定町廻り同心・神山源十郎は刑場の露と消えたのである。

それから四半刻後——。

広大な牢屋敷の一角にある牢屋奉行の役屋敷の書院に、二人の男が対座していた。

一人は恰幅のよい壮年の武士・牢屋奉行の石出帯刀《いしでたてわき》である。もう一人は手拭いで頬かぶりをし、背中に「出」の一字を白く染め抜いた法被に黒の股引き姿——一目で牢屋敷の下男《しもおとこ》とわかる男である。次の瞬間、石出帯刀の口から驚愕すべき言葉が発せられた。

「打ち首になったのは、おぬしの身代わりの罪人だ」

「……………！」

男が信じられぬ顔で石出帯刀を見返した。なんと、その男はたったいま斬首の刑に処せられたはずの神山源十郎だった。

「つまり」

石出帯刀が、その押し出しのよい風貌にそぐわぬやさしげな声で、

「替え玉を使っておぬしを地獄の底から引きもどしたというわけだ。それ以上のことはわしの口からは何も申せぬ」

そういうと、絶句している源十郎をうながして、牢屋敷の裏門に連れ出した。門前に一挺《いっちょう》の駕籠《かご》がひっそりと止まっていた。大名駕籠とおぼしき立派な塗駕籠である。わけのわからぬまま、源十郎はその駕籠に乗り込んだ。

源十郎を乗せた駕籠は、まだ眠りから醒めやらぬ町筋をひたすらに東に走りつづけ、やがて大川の船着場で止まった。両国橋からやや南に下がった川荷船の船着場である。桟橋に一挺の猪牙舟《ちょきぶね》がもやっていた。源十郎はそこで目隠しをされ、行き先も告げられずに猪牙舟に乗せられた。

半刻ほど舟に揺られて、着いた先は海辺近くのとある屋敷だった。むろん、源十郎は知るすべもなかったが、その屋敷は松平楽翁の嫡子《ちゃくし》・松平越中守定永《まつだいらえっちゅうのかみさだなが》（伊勢桑《くわ》名《な》十一万石藩主）の築地の下屋敷にある『浴恩園《よくおんえん》』という隠居屋敷だった。

目隠しを解かれ、『浴恩園』の一室に通された源十郎の前に姿を現したのは、楽翁と市田孫兵衛だった。楽翁は開口一番こういった。

「本日この場をもって、おぬしは当家の影目付《かげめつけ》として召し抱えられることになった」

それを受けて、市田孫兵衛が淡々とした口調で、さらにこう付け加えた。

「おぬしは一度死んだ男。つまり、この世には存在せぬ〝死人《しびと》〟ゆえ、この場かぎりで神山源十郎という名を、いや、名ばかりでのうて、現世《げんせ》とのつながりをいっさい切り棄ててもらう。よいな」

よいも悪いもなかった。もはやこの世におれの居場所がないことは、いわれなくてもわかっている。孫兵衛の要求を拒《こば》むつもりはなかったし、拒む理由もなかった。

――どうせ拾われた命なのだ。好きなようにするがいい。

開き直るような面持ちで、源十郎はうなずいた。

それから数カ月後――。

源十郎の風貌は、別人と見まごうばかりに変貌していた。月代《さかやき》は伸び放題、額には二筋の太い傷痕があり、その傷に引きつられるように両眉と両眼が吊り上がっている。

まさに悪鬼羅刹《あっきらせつ》の顔だった。額の傷は面貌を変えるために、源十郎がみずから剃刀《かみそり》で切り裂いた傷である。鏡に映ったおのれの顔を見ながら、源十郎はみずからを、

〈死神幻十郎〉

と命名した。この瞬間に、南町奉行所定町廻り同心・神山源十郎は、現世無縁の「冥府の刺客」としてよみがえったのである。そして、その第一の仕事は、自分を地獄の底に突き落とした〝あの事件〟の真相を突き止めることだった。

のちにわかったことだが、吉見伝四郎は阿片密売一味によって阿片漬けにされ、善悪の分別もつかぬほど心を病んでいたという。吉見が源十郎の妻・織絵を凌辱したのも一味の指示によるものだった。その結果、吉見は斬られるべくして源十郎に斬られ、斬った源十郎は朋輩殺害の科《とが》で刑場に送られ、武士の刑罰としては異例ともいうべき「斬罪」に処せられたのである。

――なぜ切腹でなくて、斬罪なのか？

その謎もほどなく解けた。

事件の取り調べに当たった吟味与力の大庭弥之助が一味と通じていたのである。すべては、阿片密売一味にとって邪魔な存在である定町廻り同心・神山源十郎を闇に葬るための、巧妙かつ周到に仕組まれた罠《わな》だったのだ。

事件の全貌を知った源十郎、いや幻十郎は、まず手はじめに吟味与力の大庭弥之助

を血祭りに上げ、さらに阿片密売で巨利をむさぼっていた深川の料理茶屋『満華楼《まんげろう》』のあるじ惣兵衛《そうべえ》と蔵前片町《くらまえかたまち》の町名主・益田屋文右衛門《ますだやぶんえもん》、そして一味の黒幕・勘定奉行の萩原摂津守《はぎわらせっつのかみ》を闇に屠《ほふ》ったのである。

それが「冥府の刺客」死神幻十郎の初仕事だった。

4

——あれから一年半か……。

深い吐息をつきながら、幻十郎はおのれの手を見つめた。

この手で何人の悪党を斬ってきたか。中には泣き叫んで命乞いをする者もいた。最期まで我欲にしがみつこうとした者もいれば、金で命を買おうとする者もいた。だが、幻十郎は情け容赦なくその連中を斬り捨ててきた。

現世無縁の死人が、現世未練の悪人どもを斬る。考えてみれば皮肉な話ではある。

ぼんやりそんなことを考えながら猪口をかたむけているうちに、いつの間にか徳利が空になっていた。二本目の酒を注文しようとしたときである。

「率爾《そつじ》ながら——」

ふいに背後で声がした。振り返った瞬間、幻十郎は息を呑んだ。そこに立っていたのは南町奉行所定町廻り同心・竹内平四郎《たけうちへいしろう》――かつての幻十郎の朋輩だった。

「もしかして、貴殿は神山と何かご縁のあるお方では？」

一瞬、幻十郎の顔に狼狽《ろうばい》がよぎった。

「神山？」

「南町の定町廻りをつとめていた神山源十郎です」

「い、いや、神山というご仁《じん》とは縁もゆかりもござらぬ。手前は遠州《えんしゅう》浪人・高槻兵庫《たかつきひょうご》と申す者」

とっさに嘘をついたが、内心は冷や汗ものだった。

「それは失礼いたしました。横顔があまりにも似ておられたので、てっきり神山のご縁戚《えんせき》筋の方かと――いや、わたしの早合点でした」

竹内はばつの悪そうな笑みを浮かべながら、

「とんだご無礼を」

と一揖《いちゆう》して、自分の席にもどった。

幻十郎は気がつかなかったが、竹内はすぐ背後の席で酒を呑んでいたのである。連れはいなかった。つとめ帰りに一人でこの店に立ち寄ったのだろう。卓の上に徳利が三本並んでいるところを見ると、かなり前からその席にいたらしい。

追加の酒を注文しようかどうか迷った。背中に竹内の視線を感じながら酒を呑むのも気がつまる。早々にこの店を出て行きたかったが、さりとてすぐに席を立つのもわざとらしい。意を決して、もう一本だけ頼むことにした。空になった徳利をかざして板場の亭主に声をかけようとすると、

「よろしかったら、一献いかがですか？」

竹内がまた声をかけてきた。

「お近づきのしるしに」

「かたじけない。……では、遠慮なく」

幻十郎はあえて拒まなかった。竹内に素性を見抜かれたわけではないし、他意があって接近してきたとも思えない。幻十郎の顔に、かつての同僚・神山源十郎の面影を見て、懐かしさを覚えたのであろう。正直なところ、幻十郎にも同じ想いがあった。

竹内平四郎――歳は幻十郎より一つ上だが、見習い同心から定町廻り同心に昇格した時期もほぼ同じで、互いに「おれ・おまえ」で呼び合う仲だった。定町廻りとしては、とくに目立った働きもなく地味な存在だったが、性格は温厚篤実《とくじつ》、底抜けに人の好い男だった。卵のようにつるんとした顔、三日月形の細い目、丸い鼻、やや突き出た下唇。その風貌も以前と少しも変わっていなかった。

「久しぶりだな、竹内」

思わず声をかけそうになったが、ぐっとその言葉を呑み込み、無言で竹内の酌を受

けた。

「いやァ、それにしても神山にじつによく似ておられる」

竹内がまじまじと幻十郎の顔を見た。幻十郎はさり気なくその視線をはずし、ほろ苦く微笑《わら》いながら、

「手前も一度会ってみたいものですな、その神山というご仁に――」

「残念ながら」

竹内がふっと顔を曇らせた。

「神山は亡くなりました」

「亡くなった？」

「いい男でした」

ぽつりといって、竹内は暗然と目を伏せた。

「南町一の腕利き同心でしたが、不幸な事件に巻き込まれましてね、一年半前に刑死しました。惜しい男を亡くしたものです」

「………」

かつての朋輩が、自分の目の前で自分の死を悼《いた》んでいる。妙な気分だった。返す言葉もなく黙って猪口をかたむけていると、竹内は気を取り直すように、

「あ、申し遅れました。わたしは以前神山と同役をつとめていた竹内平四郎と申しま

す」

「つとめていた？……と申されると、いまは？」

「半年ほど前にお役替えになり、いまは寄場《よせば》見廻りをつとめております」

寄場見廻りとは、石川島《いしかわじま》の人足寄場（無宿人の収容所）を見廻る役目のことである。

意外だった。町奉行所の花形といわれる定町廻りから人足寄場への配転は、明らかに左遷である。何か不始末でも仕出かしたのかと心配そうな顔で見返すと、

「上役と折り合いが悪くて、飛ばされたんですよ」

そういって、竹内は屈託なく笑った。

「ですが、わたしは何の不満も持っていません。考えようによっては、いまの役職のほうが気が楽ですし、微禄の身分とはいえ、大過なくお役をつとめていれば食いっぱぐれはないんですから」

だいぶ酒がまわったらしく、目のふちが赤く染まり、この男にしてはめずらしく饒舌《じょうぜつ》になっている。

「貧しくとも日々是《これ》平安。所帯持ちにとってはそれが何よりなんです」

同意するように、幻十郎は無言でうなずいた。

竹内は妻と息子の三人暮らしである。妻の名は静江《しずえ》。幻十郎の記憶に間違いがなければ静江は今年二十四歳、一人息子の小太郎《こたろう》は五歳になるはずだ。

役得の多い定町廻りから閑職の寄場見廻りに左遷されたとなれば、一家三人の暮らし向きは決して豊かとはいえないだろう。だが、竹内の顔からその苦労は微塵《みじん》も感じられなかった。むしろ以前より輝いて見える。

（日々是平安、か……）

幻十郎の胸にふっとよぎるものがあった。

一年半前の〝あの事件〟がなければ、いまごろ自分も竹内と同じように妻の織絵と、あるいはその後に生まれていたかもしれない子供三人で、つましく平穏な日々を送っていたにちがいない。そう思うと、竹内平四郎の境遇が少しばかりうらやましく思えた。

小半刻ほど他愛のない世間話をしながら酒を酌みかわしたあと、幻十郎は「所用があるので」といって腰を上げた。別れぎわに竹内は、

「ひさしぶりに楽しい酒でした。ご縁があったら、またどこかでお会いしましょう」

と名残惜しそうにいったが、幻十郎は二度とその「ご縁」がないことを祈った。かつての友・竹内平四郎の前で虚構の浪人を演じることに苦痛を感じていたからである。

――妻子ともども堅固に暮らせよ。

心の中でそうつぶやきながら、幻十郎は『彦六』を出た。

表は、すっかり宵闇につつまれていた。先刻より人出も増えている。

足早に路地を抜けて、両国広小路に出た。ここもあいかわらずの雑踏である。両国橋の西詰一帯には、筵《むしろ》がけの見世物小屋や葦簾がけの茶屋、飲み食いの屋台、床店などが立ち並び、昼をあざむかんばかりの明かりが横溢《おういつ》していた。

（『藤乃屋《ふじのや》』に立ち寄ってみるか）

ふとそう思って、幻十郎は神田川の下流に架かる柳橋に足を向けた。

『藤乃屋』は神田佐久間《さくま》町三丁目にある間口二間ほどの小さな小間物屋で、志乃《しの》という女が一人で店を切り盛りしている。その志乃と幻十郎との間には、余人には計り知れぬ数奇な因縁があった。志乃は幻十郎が斬殺した吉見伝四郎の妻だった女なのである。

〝あの事件〟の直後、吉見家は改易《かいえき》の処分を受けて家名断絶となり、妻の志乃は八丁堀の組屋敷を追われた。そんな志乃にさらなる追い打ちをかけたのは、吉見が残した多額の借金だった。一説にはこの借金も阿片密売一味による罠だったといわれている。

頼る身寄りも知己《ちき》もなく、日々の糧《かて》を得るすべさえ失った志乃は、夫の借金を返済するために、みずから吉原羅生門河岸《らしょうもんがし》の切見世《きりみせ》に身を売った。切見世とは、文字どおり女の肉体を時間で切り売りする最下級の女郎屋のことである。河豚《ふぐ》と同じように、毒（性病）に当たりやすいところから一名「鉄砲見世」とも呼ばれていた。

そこで志乃を待ち受けていたのは、地獄のような日々だった。

俗に「苦界《くがい》十年」という。

だが、現実に十年の年季をつとめ上げて、自由の身になる女郎はほとんどいなかった。大半が年季明けを待たずに病死してしまうからである。それでも死んだ女たちは、まだ幸せだった。何よりも残酷なのは、その死さえも許されないことだった。女郎の身辺には四六時中監視の目が光っている。逃亡と自殺を防ぐための監視である。そうやって「生かされている女たち」は、生きながら死の苦しみを味わわなければならないのだ。

例外なく、志乃もその苦しみを味わわされた。筆舌につくしがたいほどの絶望的な苦しみだったが、しかし、その苦しみに耐えつづければ、いずれ死がおとずれる。それだけが唯一の希望だった。死に向かって生きる日々。一日一日がまさに死出の旅路のようなものだった。

そんな志乃の前に、ある日ふらりと姿を現したのが、幻十郎だった。

吉見伝四郎の妻が吉原の切見世にいるとうわさに聞いてたずねてきたのである。目的は志乃の口から吉見と阿片密売一味との関わりを聞き出すためだった。

志乃は知るかぎりのことを素直に告白した。

のちにそれが手がかりとなって阿片密売一味を殲滅《せんめつ》することができたのだが、同時に、それがきっかけで幻十郎と志乃とのあいだに愛憎相なかばする恋情が芽生えたのである。

吉見に妻を凌辱された幻十郎。その幻十郎に夫を殺された志乃。

いずれも現世で「地獄」を見てきた男と女である。だからこそというべきか、傍《はた》から見れば決してむすばれるはずのないこの二人が、抜き差しならぬ男と女の関係に陥《おちい》るのに、さほどの時間はかからなかった。

「わたしも地獄からよみがえった女です。旦那と一緒に修羅《しゅら》の道を歩いていきます」

幻十郎に身請けされたとき、志乃は決然とそういった。『闇の刺客』の一員になる決意をしたのである。

それから一年余、幻十郎は志乃に小さな小間物屋を持たせた。志乃の隠れ蓑《みの》にするためである。それが『藤乃屋』だった。

気がつくと、『藤乃屋』の店先に立っていた。すでに軒行燈は消え、表戸も閉まっていた。幻十郎はくぐり戸から中に入った。奥の障子にほんのりと明かりがにじんでいる。

「どなた?」

涼やかな声がして、手燭を持った志乃が奥から姿を現した。歳は二十四、五。色白のうりざね顔、切れ長な目、鼻すじがとおり、唇は花びらのように紅い。ぞくっとするほど色っぽい女である。

「あら、旦那、どうしたんですか。こんな時分に」

「鬼八の店に立ち寄ったついでに、ちょっと――」

「そうですか。どうぞ、お上がりください」

艶然《えんぜん》と微笑《わら》って、幻十郎を奥の部屋にうながした。

「お茶にしますか、それともお酒？」

「酒にしよう。冷やでいい」

「かしこまりました」

志乃はいそいそと台所に去ったが、すぐに徳利と猪口、漬物の小鉢を盆にのせてもどってくると、幻十郎のかたわらにしんなりと腰を下ろして、

「仕事ですか？」

酌をしながら探るような目で訊いた。鬼八の店に立ち寄った理由を聞いたのだ。

「ああ」

うなずいて、幻十郎は市田孫兵衛から依頼された仕事の内容や、これまでの経緯をかいつまんで話すと、ふと思い出したように、

「米沢町の居酒屋で竹内に会ったぜ」

「竹内って？……定町廻りの竹内さんのことですか？」

「ああ、役替えになって、いまは寄場見廻りをしているそうだ。おれの顔を見て、神

山源十郎の縁戚の者かと聞いてきた」

「それで、旦那は何と」

「もちろん、白《しら》を切ったさ。神山とは縁もゆかりもねえ赤の他人だとな」

「そうですか」

志乃がふっと吐息をついた。

「あの竹内さんが寄場見廻りとは……」

以前、八丁堀の同じ区域に住んでいたので、志乃も竹内平四郎のことはよく知っていた。

「上役と折り合いが悪かったらしい。昔から世渡りの下手《へた》な男だったからな。あの男は」

「奥さんと息子さんの三人暮らしでしたけど……、大変でしょうねえ」

「暮らし向きのことか」

「ええ」

「本人はさほど苦にしてないようだ。むしろ役替えになってから、親子三人平穏な暮らしができるようになったと、よろこんでいた」

「平穏な暮らし、ですか」

遠くを見るような目で、志乃がぽつりとつぶやいた。

「人の仕合わせなんて、そんなものかもしれんな」

「旦那だって、あの事件がなければ、いまごろ奥さんと仕合わせに――」

暮らしていたはずです、と志乃はいいかけたが、それをさえぎるように、

「志乃」

幻十郎は声をとがらせて、

「その話はやめろ」

いきなり志乃の肩を引き寄せ、口をふさぐように唇を重ねた。志乃の口からかすかなあえぎ声が洩れた。舌と舌がからみあい、甘い唾液が幻十郎の口中を満たした。口を吸いながら、幻十郎は志乃の体をそっと横たわらせた。志乃が狂おしげに体をくねらせる。着物の裾が乱れ、白い脛《はぎ》があらわになった。

幻十郎の手がもどかしげに帯を解く。はらりと着物の前がはだける。大きく広げられた襟元《えりもと》から、たわわな乳房がこぼれ出た。それをわしづかみにして口にふくみ、むさぼるように乳首を吸った。吸いながら舌先で愛撫《あいぶ》する。たちまち乳首が立ってくる。

「あ、ああ……」

絶え入るような声を発して、志乃は弓なりにのけぞった。着物がすべり落ち、長襦袢も、乱れている。二布《ふたの》（腰巻き）一枚を残し、ほとんど半裸の状態である。乳房を吸いながら、幻十郎も着物を脱いだ。袴《はかま》も脱ぎ捨てる。

下帯一枚。筋骨隆々たる体である。

志乃の手が幻十郎の下腹に伸びて、下帯の上から軽く一物をにぎった。猛々《たけだけ》しく屹立《きつりつ》したそれが、ふいにぴくりと震えた。志乃のしなやかな指が下帯の中に侵入したのである。そしてやさしげに一物をこすりはじめた。

幻十郎の息がわずかに乱れた。乳房からゆっくり手を離し、志乃の最後のものを引き剝いだ。下半身があらわになった。ふっくらと盛り上がった股間に黒々と秘毛が密生している。だが決して剛毛ではない。絹のように細く、つややかな毛である。

「あっ」

志乃が小さな声をあげた。幻十郎の指が秘孔に入ったのである。そこはもうしとどに濡れていた。指先にやわらかい肉ひだの感触がある。かすかに波打っている。

「旦那……」

いやいやをするように首を振りながら、骨がきしむほどの力ですがりついてきた。

幻十郎の指先が、切れ込みの上方の小さな突起に触れた。その瞬間、志乃の体が大きくそり返った。肉ひだの奥からじわりと愛液がにじみ出る。

幻十郎はそっと指を抜いて、下帯をはずした。怒張した一物が発条《ばね》仕掛けのように飛び出す。尖端を志乃の秘所に柔らかくあてがい、切れ込みにそって上下にこすりつける。

　ふいに志乃が腰を突き上げた。つるん、と一物が志乃の中に埋没した。中は熱く、たっぷり露をふくんでいる。根元に強い緊迫感があった。一物を埋没させたまま、幻十郎は円を描くように腰をまわした。

「あ、ああ……」

　喜悦の声を発して、志乃が狂悶する。しなやかな両脚が幻十郎の腰にからみつく。下腹を密着させたまま、志乃は激しく尻を振った。幻十郎の腰の動きもしだいに激しくなり、その口から荒い息づかいが洩れはじめた。

　体の深部からしびれるような快感が突き上げてくる。

「あ、だめ、だめ……」

　志乃が昇りつめてゆく。幻十郎も極限に達していた。

「お、おれも……、果てる!」

　うめくようにいって、幻十郎は一物を引き抜いた。志乃の腹の上に白濁した淫液がどっと放射された。ぐったりと弛緩《しかん》した志乃の上に、幻十郎はおおいかぶさるように体を重ねた。荒い息づかいとともに両肩が激しく揺れている。

　志乃はじっと目を閉じたまま、情事の余韻にひたっている。湯を浴びたように肌が火照《ほて》り、四肢がまだかすかに痙攣《けいれん》している。

　幻十郎はいとおしむように乱れた志乃の髪をやさしくなで上げた。

「旦那」

志乃がふっと目を開けた。

「ありがとう」

幻十郎の耳元でささやくようにそういうと、志乃はふたたび目を閉じて、幻十郎の体にひしとしがみついてきた。志乃の発した言葉はそれだけだったが、その一言が幻十郎の心にずんとひびいた。

5

じじっ……。

柱の掛け燭の明かりがかすかな音を立ててゆれている。

暗がりにうずくまって、片岡京助はその明かりをうつろに見つめていた。

小石川富坂町《こいしかわとみさかちょう》の田之倉邸の土蔵の中である。京助がこの土蔵に監禁されてからすでに十日がたっていた。以前より顔の血色もよく、頬もいくぶん丸みをおびてきている。三度の食事をきちんと食べているせいであろう。

このところ、京助の態度に変化が見られるようになった。食事を運んでくる家士たちに丁重に礼をいうようになったし、ときおり笑顔も見せるようになった。それは表

面上の変化だけではなく、京助の心の変化を示していた。平たくいえば、

（どうにでもなれ）

という開き直りの心境である。田之倉側はそれを恭順《きょうじゅん》の意とみたのであろう。日を追って、京助に対する待遇も変わっていった。土蔵の床には筵の代わりに畳が敷かれ、粗末な夜具も二段重ねの布団に変わった。煖をとるための火鉢や、茶器を納める小さな茶簞笥《ちゃだんす》、衝立《ついたて》、文机《ふづくえ》など、暮らしに必要な調度類も一応ととのっている。

だが、京助の脳裏からまったく不安が消えたわけではない。監禁されて十日たったいまも、この屋敷のあるじの正体がわからなかったからである。

何の目的で自分を拉致したのか。それもいまだに謎だった。食事掛かりの家士たちに訊いても、固く口を閉ざしたまま答えてくれない。

（いったい、おれをどうするつもりなんだ？）

掛け燭の明かりをうつろに見つめながら、京助は心の中で何度も同じ言葉をつぶやいていた。

と、ふいに表に足音がして、土蔵の戸に明かりが差した。

京助は首を回して戸口に目をやった。鍵《かぎ》がはずれる音とともに、分厚い塗籠戸《ぬりごめど》がきしみ音を発して開き、手燭を持った二人の侍がうっそりと入ってきた。

青柳徳之助と井原源吾である。二人は大股に土蔵の奥に歩を進め、京助の前に立っ

た。

「まだ起きていたか」

青柳が手燭をかざして、京助を見下ろした。

「考え事をしていたのでな」

「何を考えていた？」

これは井原の問いかけである。

「いわんでもわかっているだろう」

京助が皮肉な口調でいい返すと、青柳と井原は顔を見交わして薄笑いを浮かべ、京助の前にどかりと腰を下ろした。

「おれたちの素性を知りたいのか」

青柳がいった。

「あんたらは何者なんだ。なんでわしをこんなところへ……？」

「質問は一つずつにしろ」

抑えつけるような井原の声に、京助はむっと押し黙った。

「ま、いいだろう」

青柳が取りなすように笑みを浮かべた。見るからに狡猾《こうかつ》そうな笑みである。

「おれたちは公儀鉄砲方・田之倉外記さまの配下の者だ」

「公儀鉄砲方！」

驚愕のあまり、京助の声が上ずった。

「田之倉さまは、大そうあの銃がお気に召してな」

「いや、銃だけではない」

井原が口をはさんだ。

「おまえさんの腕もだ。世の中に鉄砲鍛冶は五万といるが、あれだけの銃が造れるのはおまえしかおるまいと、御前は手放しで称揚《しょうよう》なさっておられた」

「………」

京助は信じられぬ面持ちで二人の顔を見た。幕府の鉄砲方があの〝気炮〟を手に入れるために二人の松代藩士を殺害し、自分を拉致したという事実が、まだ信じられなかった。

「そこで、相談だが――」

青柳がぐっと身を乗り出していった。

「当家に仕える気はないか」

「仕える？」

「そうだ。田之倉家の鉄砲鍛冶としてな。俸禄は六十俵高」

「！」

京助は思わず瞠目《どうもく》した。

松代藩が京助に給していた俸禄は、三十俵三人扶持である。それにくらべると六十俵高は破格の処遇といえた。鉄砲方与力の青柳や井原でさえ八十俵高なのである。

京助の胸中で、松代藩への忠心と六十俵高への欲念が、烈しく葛藤《かっとう》していた。

「それで――」

しばらくの沈黙のあと、京助がためらいがちに口を開いた。

「わしの仕事というのは？」

「まずは、あの〝気炮〟の図面を引いてもらいたい」

「図面？」

「田之倉さまは、あれを量産したいと申されているのだ」

「あんた方、銃の造り方を知らんようだな」

口元に苦笑をにじませて、京助がずけりといった。

〝気炮〟を量産するには、かなり大がかりな設備と人手がいる。銑鉄《ずくてつ》を溶かす炉《ろ》、その炉に高温の火を熾《おこ》す巨大な鞴《ふいご》、さらに細かい部品を一つずつ手作業で造り上げる熟練工。それらをすべてこの屋敷内に配置するには膨大《ぼうだい》な費用と労力がかかる。現実には、ほとんど不可能といっていい。

「あの銃を造るのに、わしは十人の弟子を使い、三年の歳月をかけたんだ。それだけ

の手間と歳月を費やしても、たった一挺しか造れなかった。量産なんてとてもとても
——」

「できるか、できぬかは、おれたちが考えることだ」

青柳の言葉を受けて、井原が高圧的にいった。

「おまえは図面を引くだけでいい」

「…………」

「どうだ？　やってくれるか」

「断ったら、ここから無事に出られないことはわかっている。受けるしかあるまい」

「つまり、仕官の件を領諾したということだな」

青柳が念を押すと、京助はふっと笑みを浮かべて、

「わしは生まれながらの職人だ。誰に仕えようと、どこで働こうと、鉄砲さえ造れればそれでいいのさ」

砕けた調子でそういった。むろん、これは本音である。だが、その本音の裏には「六十俵高」という処遇への欲も隠されていたし、また自分の腕がそれだけ高い評価を得ているという満足感も、心のどこかにあった。

「よくぞ申した」

青柳の顔がほころんだ。

「いずれ御前からも直々にお声がかりがあるだろう。せいぜい忠勤に励むことだな」

いいおいて、二人は出ていった。見送る京助の目が、先刻のうつろな眼差しとは打って変わって、きらきらと輝《かがや》いている。

希代の名工・国友藤兵衛さえ成し得なかった〝気炮〟の量産。それは鉄砲鍛冶としての京助の長年の夢でもあり、心ひそかにいだいていた野望でもあった。

(わしがやってみせる)

京助の職人魂が玉鋼《たまはがね》のように熱く燃えたぎった。

第三章　人足寄場

1

人々があわただしく行き交う夕暮れの浜町《はまちょう》河岸《がし》を、ふところ手でゆったりと歩いてゆく浪人の姿があった。立花伊織である。

このところ船戸一家と羅漢寺一家との抗争がぴたりとやんで、用心棒の伊織には出番らしい出番がまわってこなかった。市兵衛のもくろみどおり、伊織が船戸一家の用心棒になったことで、羅漢寺一家もそうおいそれと手が出せなくなったのだろう。

しかし、これで羅漢寺一家との抗争が終息に向かうとは思えなかった。

「やつらがこのままおとなしく手を引くとは思えません」

元締めの市兵衛が危惧《きぐ》するように、いつ、なんどき、どんな形で羅漢寺一家が牙《きば》を剝《む》いてくるか、予断を許さない状況はいまなおつづいているのである。

何よりも市兵衛が心配しているのは、ひとり娘のお園《その》のことだった。

お園は今年十九になる。香具師《やし》の娘にしては品のいい面立ちをしており、近隣の住人から「本所小町」と呼ばれるほどの美人だった。幼いころに母親と死に別れ、男手ひとつで育てられたせいか、性格は明朗闊達《かったつ》、ややお俠《きゃん》な一面もあったが、父親の市兵衛は、そんなお園に幼いころから読み書き手習いや茶の湯、生け花、琴《こと》などの稽古《けいこ》事《ごと》に通わせ、

（どこに出しても恥ずかしくない）

自慢の娘に育て上げたのである。

そのお園のことで、数日前、伊織は市兵衛からこんな相談を受けた。

「手前の取り越し苦労かもしれませんが、羅漢寺一家の身内の者が娘に手を出しやしないかと、それだけが心配でしてねえ」

というのである。

「それほど心配なら、お園さんの稽古事のある日は、わしが送り迎えいたそう」

伊織がそう応えると、

「先生！」

市兵衛はバッと畳に両手をついて平蜘蛛《ひらぐも》のように叩頭《こうとう》し、

「そうしていただければ助かります。なにとぞ……、なにとぞ、娘をよろしくお頼み

申します！」

涙を流さんばかりによろこんだ。二十数人の子分をかかえ、両国浅草界隈《かいわい》の裏社会に君臨する香具師の元締め・市兵衛が、伊織の前ではじめて見せた父親の顔だった。

そして、この日の夕刻……。

伊織は茶の湯の稽古に行くお園を、日本橋富沢《とみざわ》町の茶の湯の師匠の家まで送り届け、半刻（一時間）ほど浜町河岸をぶらついたあと、ふたたびお園を迎えにいくために富沢町に向かうところだったのである。

浜町堀に架かる千鳥《ちどり》橋の西詰から、半丁（約五十五メートル）ほど南に下がった左手に細い路地がある。その路地の突き当たりに茶の湯の師匠の家はあった。

周囲に柴垣《しばがき》をめぐらした数奇屋《すきや》造りの瀟洒《しょうしゃ》な家である。

伊織が網代門《あじろもん》の前にさしかかると、門の奥から袱紗《ふくさ》包みをかかえた若い女が裾《すそ》をからげて小走りに出てきた。お園である。

「すみません。お待たせして」

はにかむような笑みを浮かべるお園に、

「わしは田舎侍だからな。たまには江戸の町を散策するのも楽しいものだ」

笑みを返しながら、伊織はゆっくり歩き出した。お園がかたわらにぴたりとつく。

路地を抜けて、ふたたび浜町河岸に出た。つい先ほどまで、あわただしく行き来していた人影もいつの間にか消えて、四辺は薄い夕闇《ゆうやみ》につつまれていた。

「伊織さまは越前の出だと、父から聞きましたが……」

歩きながら、お園が長身の伊織を見上げるようにしていった。

「うむ。越前鯖江《さばえ》藩に勤仕していた」

「なぜ、江戸へ？」

「やむを得ぬ事情があってな」

言葉を濁す伊織に、お園は子供のように好奇心をあらわにして、

「やむを得ぬ事情って……？」

伊織はためらうようにお園を見返した。

「人は多かれ少なかれ、誰にも見せたくない古傷を持っている。わしも同じだ」

「――つまり」

お園が悲しそうに目を伏せた。

「話したくない、ということですね」

「まあな」

「父も知らないいんですか」

「いや、元締めには話してある」

「じゃ、父に聞きます」

「お園さん」

伊織が足を止めた。

「なぜ、そんなにわしのことを……？」

「なぜって……、伊織さまはうちの身内になった人ですし……。身内といえば家族も同然、わたしにとっては兄のような人なんです」

「……」

「そんなに身近にいる人のことを、何も知らないなんて、悲しいじゃありませんか」

お園は責めるような口調でいった。伊織はふたたび歩き出している。

「伊織さま」

お園が足を速めて追いすがった。

「わたしのことを子供だと思ってるんでしょ？」

「いや、そうは思っておらん」

「だったら、なぜ？」

「敵《かな》わんな、お園さんには……」

伊織は苦笑した。

「わかった。何もかも打ち明けよう」

「……」

「わしは越前鯖江藩の勘定方をつとめていた」

勘定方は藩の財務を所管する役人で、役高は百五十俵、中級の藩士である。

鯖江藩では年に二度、財務監査のための「帳改め《ちょうあらた》」が行なわれた。その「帳改め」で、三百両にのぼる使途不明金が発覚し、きびしい内部調査の結果、あろうことか立花伊織に公金横領の容疑がかけられたのである。

むろん、伊織には身に覚えのない濡《ぬ》れ衣《ぎぬ》だったが、伊織が管理していた帳簿には明らかに改ざんの痕跡があり、それを楯《たて》にとって上役の勘定組頭・坂巻刑部《さかまきぎょうぶ》は、

「腹を切れ」

と伊織に迫った。じつはその坂巻こそが公金横領の張本人だったのだ。坂巻は横領した金を城下の料理茶屋の女に入れ揚げていたのである。そうした事実がうすうすわかっていながら、しかし藩の重役たちは伊織の弁明をいっさい聞き入れようとはしなかった。

――理不尽な！

伊織の怒りが爆発した。いったん組屋敷にもどって身支度をととのえると、下城の坂巻刑部を大手門の外で待ち受け、二人の供侍ともども坂巻を斬り捨てて脱藩逐電《ちくでん》した。

五年前、すなわち文政三年（一八二〇）の秋のことである。

「以来、わしは諸国を転々と流浪し、今年の春、江戸に流れついた……」

伊織が淡々と語る。

「剣の腕に少々覚えがあったのでな。元締めの許しを得て、浅草奥山で『打ち込み一本二十文』の芸で口すぎをするようになった――というのが、これまでのいきさつだ」

「鯖江に身内の方はいらっしゃらないんですか」

「一人もおらん。両親《ふたおや》はわしが二十歳《はたち》のときに相次いで病没した。妻子も親戚《しんせき》もない、天涯《てんがい》孤独の身だ」

「そうですか」

お園は深々と嘆息を洩《も》らした。

「それにしても、ひどい話ですね。自分の部下に濡れ衣を着せるなんて」

「侍の世界は欺瞞《ぎまん》と汚濁《おだく》にまみれている。それにくらべれば、いまの用心棒暮らしのほうが、はるかに……」

といいかけて、伊織はふと足を止め、お園の体をそっと背後に押しやった。

「――何か？」

「わしから離れるんだ」

刀の柄頭《つかがしら》に手をかけて、伊織は夕闇の奥にするどい目を向けた。

千鳥橋の西詰に、二人の行く手をふさぐように、三つの黒影が仁王立ちしている。

いずれも山犬のように獰猛《どうもう》な目つきをした浪人者である。伊織の五感がただならぬ気配を看取《かんしゅ》していた。刺々《とげとげ》しい殺気である。お園をかばいながら、わずかに刀の鯉口《こいぐち》を切った。

「立花伊織だな?」

浪人の一人が誰何《すいか》した。しゃがれた陰気な声である。

「うぬらは――」

「名乗るほどの者ではない。ゆえあって、貴様の命をもらいにきた」

「なるほど、羅漢寺一家に雇われた野良犬どもか」

「ほざくな!」

わめくなり、三人がいっせいに抜刀した。伊織は刀の柄に手をかけたまま動かない。

「死ね!」

一人が刀を上段に振りかぶり、猛然と斬り込んできた。刹那、伊織は横に跳んだ。跳びながら抜く手も見せず抜刀し、浪人の刀を峰ではね上げた。するどい鋼《はがね》の音がひびき、夕闇に火花が散った。

左から斬撃がきた。胴をねらった横殴りの一刀である。間一髪、跳びすさって切っ先をかわすと、伊織はすかさず浪人の左わきに廻り込み、逆袈裟に斬り上げた。

が、次の瞬間、刀刃《とうじん》は空を切っていた。浪人が切っ先を見切って、伊織のかたわらを走り抜けていたのである。意外に俊敏《しゅんびん》な動きである。三人ともかなりの手練《てだれ》と見えた。

すぐさま体を反転させて、次の斬撃に備えたときだった。

「刀を引け！」

ふいに野太い声が飛んできた。振り返った瞬間、伊織の顔に戦慄《せんりつ》が奔《はし》った。髯面《ひげづら》の浪人がお園を羽交締《はがいじ》めにして、喉もとに刀を突きつけていた。伊織は一瞬棒立ちになった。二人の浪人が勝ち誇ったように薄笑いを浮かべながら、左右からじりじりと迫ってくる。二人に立ち向かっていけばお園が殺される。お園の命を救うには自分が身を捨てるしかない。絶体絶命の死地だった。

「刀を捨てるんだ！」

右の浪人が怒鳴った。伊織は観念するように目を伏せて、構えていた刀をゆっくり下げた。刀の柄をにぎった手がわずかに震えている。

「娘の命だけは助けてやってくれ」

懇願《こんがん》するようにいって、伊織が刀を投げ出そうとしたとき、突然、

「わッ」

と叫んで髯面の浪人がのけぞった。思わず二人の浪人が振り返った。髯面の浪人の首に小柄《こづか》が突き刺さっている。のけぞりながら髯面はどさっと仰向けに転がった。そ

こへ矢のように人影が疾走してきた。

「な、なにやつ！」

度肝を抜かれて、二人の浪人が刀を構えた。一瞬裡《り》に、黒影が二人のあいだを走り抜けた。まるでつむじ風の速さであり、すさまじい勢いだった。

「うっ」

一人が小さなうめき声を発して、前のめりに崩れ落ちた。首筋から音を立てて血が噴出している。走り抜けた瞬間、黒影が浪人の首を薙《な》いだのである。影の動きは止まらなかった。あわてて身をひるがえしたもう一人に、黒影は素早く刃先を返して、左下から斜めに斬り上げた。

「ぎえっ！」

奇声とともに、切断された浪人の腕が高々と宙に舞った。黒影は浪人の背後に廻り込み右袈裟に斬り下げた。浪人の背中に裂け目が走った。血しぶきが飛び散り、裂けた背中から白い背骨が見えた。どさっと音を立てて、浪人は地面に突っ伏した。

すべてが一瞬の出来事だった。伊織もお園も何が起きたのか、わけがわからず茫然《ぼうぜん》と立ちすくんでいる。

ぱちんと刀を鞘《さや》に納めて、黒影がゆっくり振り向いた。幻十郎だった。

「そこもとは……？」

夢から醒《さ》めたような面持ちで、伊織が見返った。

「通りすがりの者だ。――怪我はないか？」

「いや」

とかぶりを振って、

「ご助勢、かたじけない」

伊織は丁重に頭を下げた。お園はまだ恐怖から覚めやらぬ顔で立ちつくしている。地べたに転がっている浪人の死骸を見まわしながら、幻十郎が訊《き》いた。

「この連中は？」

「羅漢寺一家に雇われた浪人者ではないかと」

「羅漢寺一家？……というと、お手前は」

「船戸一家の用心棒、立花伊織と申す者。あちらにいるのは元締めの娘さんで――」

「お園と申します」

青ざめた顔で、お園がようやく口を開いた。声がかすかに震えている。

「おかげで助かりました。ありがとうございます」

「ま、大事なくてよかった。手前、所用があるので……、ごめん」

一礼して、踵《きびす》を返そうとすると、

「お待ちくだされ」

伊織が呼び止めた。

「せめて、貴殿のお名前だけでも」

「遠州浪人・高槻兵庫と申す」

幻十郎はためらいもなく答えた。竹内平四郎に名乗った変名が、とっさに口をついて出たのである。伊織がさらに何か聞こうとするのへ、幻十郎は無視するように背を向けて、足早に立ち去った。

2

「へえ、喧嘩《けんか》の助っ人を……」

茶をすすりながら、鬼八がつぶやいた。

米沢町の『四つ目屋』の奥の部屋である。幻十郎は煙管をくゆらしながら、刀に付着した血脂《ちあぶら》をぼろ布で拭《ふ》きとっている。

「喧嘩というより、浪人同士の斬り合いだ。一方が女を人質にとっていたのでな。黙って見すごすわけにもいかんので助けてやっただけさ」

「その女が船戸の市兵衛の娘だったってわけですかい」

「ああ、娘と一緒にいた浪人者は船戸一家の用心棒だそうだ」

「そいつはまずいことになりやしたね」

鬼八が眉をひそめた。

「まずい？」

「羅漢寺一家が黙っちゃいませんぜ」

「それなら心配いらねえさ。おれの面《つら》を知ってる者は一人もいねえ」

「てえと……？」

「三人ともあの世に送ってやってさ」

幻十郎はあっさりといってのけた。そしておもむろに刀を鞘に納め、煙管の火を煙草盆の灰吹きにポンと落とすと、あらためて鬼八の顔を見た。

「その後『甲州屋』の動きに何か変わったことは？」

「ありやしたよ」

空になった湯飲みに急須の茶を注ぎながら、鬼八がいった。

「どうやら『甲州屋』は北町の与力とつながってるようですぜ」

「北町の与力？」

「峰山文蔵《みねやまぶんぞう》って与力です」

「ああ」

その与力のことは、幻十郎も知っていた。北町奉行所の同心支配役与力をつとめる男である。奉行所内では怜悧《れいり》な行政官として知られていたが、反面、外部の人間に対しては如才《じょさい》なく、公辺や旗本諸侯に幅広い人脈を持つと、うわさに聞いていた。

「これは甚六《じんろく》って口問いがつかんできた情報なんですがね」

鬼八が語をつぐ。

「ゆんべ日本橋堀留《ほりどめ》の料亭で、『甲州屋』の嘉兵衛とその峰山がひそかに会っていたそうで」

「なるほど」

幻十郎は深くうなずいた。

「北町の与力を手なずけて『博奕船《ばくちぶね》』の目こぼしをしてもらってたってわけか」

「たぶん、そんなところでしょう」

「鬼八」

幻十郎が腰を上げた。

「その『博奕船』の様子をこの目で見てえんだが、案内してもらえねえか」

「おやすい御用で」

飲みおえた湯飲みを畳の上において、鬼八も立ち上がった。

『四つ目屋』を出ると、二人は米沢町の入り組んだ路地を右に左に曲がりくねりながら大川端に出た。あたりはすっかり夜のとばりにつつまれている。だが、まったくの闇ではなかった。青白い月明かりが川原に生い茂った芒《すすき》の穂を銀色に染めている。

鬼八に案内されたのは、両国橋から二丁（約二百二十メートル）ほど下流の船着場だった。桟橋に無人の猪牙舟《ちょきぶね》が数隻もやっている。

「舟で行くのか」

「へい」

と応えて、鬼八は一隻の猪牙舟に身軽に飛び乗った。

「あっしの知り合いの船頭の持ち舟です。どうぞ乗っておくんなさい」

うなずいて、幻十郎も乗り込んだ。

鬼八が手早くもやい綱を解いて水棹で舟を押し出す。

二人を乗せた猪牙舟は、月明かりを映して青色に輝《かがや》く大川の川面《かわも》を、上流に向かってすべるように遡行《そこう》していった。両国橋の下をくぐり、さらに上流の吾妻橋《あずまばし》をくぐると、ほどなく前方左手に浅草花川戸の河岸が見えた。

『甲州屋』の船着場に一丁ほど迫ったところで、鬼八は櫓を漕ぐ手をとめて、ふたたび水棹に持ち替え、川辺の葦《あし》の茂みの中にゆっくり舟を押し入れた。

「あの舟です」

と鬼八が指さしたのは、『甲州屋』の船着場の桟橋に係留されている一隻の高瀬舟だった。船上に山積みにされた船荷のあいだから、かすかな明かりが洩れている。どうやら今夜も船の中で博奕が開帳されているようだ。

——キエッ、キュッ、キエッ……。

どこかで水鶏《くいな》が鳴いている。その鳴き声にまじって男たちの押し殺した声が聞こえてくる。賭場《とば》の客たちの声か、ときおり「丁」とか「半」といった声も聞こえてくる。

葦の茂みに舟を止めて、しばらく『博奕船』の様子をうかがっていると、突然、水鶏の鳴き声がやんで、川岸の葦がざわざわと揺れた。

「誰かくるぜ」

低くいって、幻十郎が身構えた。

「心配いりやせん。あっしの手下です」

鬼八が笑みを浮かべた。

葦の茂みから姿を現したのは、頬かぶりをした小柄な男だった。男はひょいと地を蹴って軽々と猪牙舟に飛び乗ってきた。色の浅黒い三十前後の男である。数日前から、鬼八が船着場の周辺に配しておいた、伸吉《しんきち》という口問い（情報屋）だった。

「どんな様子だ？」

鬼八が訊いた。伸吉は幻十郎にぺこりと頭を下げ、

「いつもと、ちょいと様子がおかしいんで」

声をひそめていった。

「何がおかしいんだ？」

「いつもより客は半分しかおりやせん。それも、いままで見たことのねえ顔ばかりで」

「初見の客か」

「へい」

「いつもの半分というと、何人だ？」

幻十郎が訊いた。

「四人です。遊び人ふうが二人、職人ふうが二人。あとは壺振りと中盆だけです」

「たった四人じゃ寺銭の上がりも知れている。ふつうなら手留《てどめ》（中止）ってことになるんだがな」

つぶやきながら、幻十郎は桟橋に係留されている高瀬舟に視線をもどした。

と、ふいに……、

「旦那」

鬼八が船着場の奥の路地を指さした。路地の闇溜まりに小さな明かりがよぎり、影の一団が音もなく船着場に走って行くのが見えた。

「手入れだ！」

幻十郎が小さく叫んだ。と同時に、船着場から怒号や怒声がわき起こり、高瀬舟の船上はたちまち混乱の渦と化した。船荷の陰に人影が入り乱れている。捕り物出役《でやく》の捕方《とりかた》たちと賭場の客たちの影である。

悲鳴、叫喚《きょうかん》。

何かを打ちつけるような激しい物音。

船荷の山が崩れ、樽《たる》が転がり、蹴倒されて燃え上がった船行灯《ふなあんどん》の炎の中に、右往左往する人影がゆらめいている。その光景を、幻十郎は猪牙舟の上から不審な思いで見ていた。現職時代、幻十郎も数えきれぬほど賭場の手入れをしてきたので、その光景自体はべつにめずらしいことではなかった。不審なのは、『甲州屋』の「博奕船」に奉行所の取り締まりの手が入ったという事実である。それを未然に阻止するために、『甲州屋』は北町の与力・峰山文蔵を抱き込んだのではないか。

しかも今月は北町の月番である。仮にこれが抜き打ちの手入れであったとしても、支配与力の峰山なら事前にその情報をつかみ得たはずだ。昨夜、日本橋の料亭で峰山と『甲州屋』の嘉兵衛が密会していたのは、その情報を流すためだったのではないか。

(なぜだ……?)

幻十郎の胸裏に深い疑念がわき立った。

翌日の昼下がり、浅草広小路の雑踏の中に、職人風情《ふぜい》に身をやつした歌次郎の姿があった。幻十郎の意を受けて、昨夜の〝手入れ〟の真相を探りにきたのである。

吾妻橋の西詰の南角にある自身番屋の前で、歌次郎はふと足を止めた。

番屋の中で、初老の男が一人で茶を飲んでいる。腰に素十手《すじって》（房のない鉄製の十手）を差しているところを見ると、地元の岡っ引らしい。

「ちょいとお訊ねしやすが……」

歌次郎は戸口に歩み寄って、岡っ引に声をかけた。

「何だ？」

岡っ引がじろりと見返した。

「ゆんべ、この近くの賭場で手入れがあったそうですが、親分さんはご存じで？」

「それがどうした？」

うろんな目で岡っ引が訊き返す。

「じつは、あっしの仲間が浅草に遊びに行くといって出かけたまま、今朝になっても帰ってこねえんで、ひょっとしたらその騒ぎに巻き込まれたんじゃねえかと――」

いいながら、歌次郎は素早く岡っ引の手に小粒（一分金）をにぎらせた。とたんに岡っ引の顔がほころんだ。

「仲間の名は何ていうんだ？」

「佐吉《さきち》と申しやす」

「佐吉？　そんな名の野郎はいなかったな」

「念のために捕まった男の名を聞かせてもらえやせんかね」

「ゆんべ挙げられたのは、二人だけだそうだぜ」

「二人だけ?」

「一人は神田松永《まつなが》町の政太郎《せいたろう》って鍛冶屋《かじや》。もう一人は、たしか下谷南大門《したやみなみおおもん》の——」

岡っ引は指であごをかきながら、思い出すようにいった。

「重吉《じゅうきち》って鋳掛《いか》け屋だ」

「賭場を仕切ってた連中は捕まらなかったんですかい?」

「おれもくわしいことは知らねえが、そいつらはすんでのところでずらかったらしい」

「そうですか」

「どっちにしろ、捕まったのはおめえの仲間じゃねえ。安心しな」

「へい。どうやら、あっしの思い過ごしだったようで……。おくつろぎのところ、お邪魔しちまって申しわけありやせん」

ぺこりと頭を下げて、歌次郎は足早に立ち去った。

(妙だな)

歩きながら、歌次郎は小首をかしげた。

幻十郎から聞いた話では、北町の手入れが入る前に「博奕船」の中には四人の客がいたそうだ。だが、岡っ引の話によると、実際に捕まったのは二人だけだという。

（すると……）

ほかの二人の客は、賭場を仕切っていた壺振りや中盆たちと一緒に逃げたのか？

（それも妙だ）

と歌次郎は思った。賭場の手入れをするからには、北町奉行所もそれなりの態勢をととのえて踏み込んだはずである。屋外の野天博奕ならともかく、船というかぎられた場所の中で、抜き打ち的な手入れをしておきながら、六人中四人を捕り逃がすようなへまをやるだろうか。

（ひょっとすると、北町のねらいは初手《はな》から鍛冶屋の政太郎と鋳掛け屋の重吉を捕まえることにあったのかもしれねえ）

そう考えたとき、歌次郎の脳裏に卒然と小間物屋の志乃の顔がよぎった。

3

鍛冶屋の政太郎の住まいは神田松永町にある、と先刻の岡っ引はいった。

松永町は、志乃が住む佐久間町からほど近い町屋なので、

——もしかしたら、志乃も政太郎のことを知っているのではないか。

と思って、歌次郎は志乃の店に向かったのである。

佐竹右京太夫《さたけうきょうだゆう》の下屋敷の築地塀《ついじべい》にそって神田川の河岸通りに出ると、ほどなく右手にあでやかな藤色の布地に『藤乃屋』の屋号を白く染め抜いたのれんが見えた。

「ごめんよ」

のれんをくぐって中に入ると、商品の小間物にはたきをかけていた志乃が振り返って、

「あら、歌次郎さん」

首に垢《あか》まみれの手拭いを巻き、色あせた紺の半纏《はんてん》に鼠《ねずみ》色の股引きといった歌次郎の身なりに、けげんそうな目を向けた。

「どうしたんですか？　その恰好《かっこう》」

「旦那から仕事を頼まれやしてね」

「そう」

合点がいったというように微笑《わら》いながら、

「お茶でもいれましょうか」

と志乃が腰を上げようとすると、

「いや、何も構わねえでおくんなさい」

歌次郎は手を振って上がり框《かまち》に腰を下ろし、

「ちょいと、お志乃さんに頼みてえことがあるんです」

「どんなことですか」

「松永町の政太郎って鍛冶屋をご存じですかい？」

「ええ、知ってますよ。このあたりでは評判の鍛冶屋さんです。この鋏《はさみ》も政太郎さんが作ったものなんです」

そういって、志乃は棚の上の桐《きり》の箱を取った。箱の中には、見るからに切れ味のよさそうな鋏が納まっている。

「その政太郎さんが何か？」

「じつは――」

歌次郎は急に声を落として、昨夜『甲州屋』の「博奕船」に北町の取り締まりの手が入ったことや、四人の客のうち、なぜか政太郎と鋳掛け屋の重吉だけが捕まったことなどを手短に説明し、

「これには何か裏があるような気がしてならねえんですよ」

「裏？」

「政太郎と重吉って男は、誰かにはめられたんじゃねえかと……。それでまァ、お志乃さんにそのへんの事情を探ってもらえねえかと思いやして」

「わかりました。政太郎さんのおかみさんとは顔なじみですから、お茶飲みがてらそれとなく聞いてみますよ」

「お手数ですが、一つよろしくお願いしやす」

歌次郎が店を出て行くと同時に、志乃は土間に下りて障子戸を閉め、奥へ引きもどって勝手口から裏路地に出た。

その路地を抜けて、藤堂和泉守《とうどういずみのかみ》の上屋敷の前の道を左に曲がると、やがて広い通りに出る。通称「御徒町《おかちまち》通り」。通りの西側一帯が松永町である。

政太郎の家は御徒町通りに面して立っていた。間口二間ほどの古い小さな平屋である。

中に入ると、そこは五、六坪ほどの土間になっており、奥に六畳ほどの板間があった。土間の片隅には大きな炉と鞴《ふいご》が備えつけてあり、炉のまわりに大小の金鎚《かなづち》や鉄床《かなどこ》、鏨《たがね》、大鋏《やっとこ》、やすりなどの道具、そして様々な形状の鉄片が散乱していた。

「ごめんください」

志乃が奥に声をかけると、二十七、八の小肥りの女が台所で洗い物をしていたらしく、前掛けで手を拭きながらいそいそと出てきた。政太郎の女房・おはつである。

「あ、お志乃さん、いつもお世話になっております」

「こちらこそ。……ちょっとお邪魔してよろしいかしら?」

「どうぞ、どうぞ、お上がりくださいまし」

おはつは屈託のない笑顔で座布団を差し出し、お茶をいれてまいります、といって奥に去ったが、すぐに湯飲みと煎餅《せんべい》を盆にのせてもどってきた。

「何もお構いできませんが」

「ありがとうございます」

差し出された茶を一口飲むと、志乃はやや口ごもりながら、

「つい先ほど、店のお客さんに聞いて、わたしもびっくりしたんですが、政太郎さん、大変なことになりましたね」

「大変なこと？」

おはつがきょとんとした顔で見返した。どうやら昨夜の一件をまだ知らないらしい。

「あら、おはつさん、ご存じなかったんですか」

「うちの人がどうかしたんですか」

「それが……」

一瞬、志乃はためらったが、意を決するように、

「人から聞いた話なので、たしかなことはわかりませんけど、博奕の科《とが》で捕まったそうですよ」

「博奕ですって！」

おはつは飛び上がらんばかりに驚いた。そして口をポカンと開けたまま、急に体をぶるぶると震わせはじめた。あまりの驚きように、志乃もつぎの言葉が出なかった。

しばらく重苦しい沈黙がつづいたあと、おはつが絞り出すような声で、

「じつは、わたしも……、心配していたんです」

「………」

「お酒を呑みに行くといって家を出たまま、こんな時刻になっても帰ってこないので、何か悪いことでもあったんじゃないかと――」

「お酒を呑みに？」

「うちの人は大の酒好きでしてね。これまでも家を空けることは何度かあったんです。酔いつぶれてお店で寝込んでしまったり、仲間の家に泊まり込んだり……。でも」

と気を取り直すように志乃の目を真っ直ぐ見つめ、おはつはきっぱりいった。

「博奕に手を出したことは一度もありません」

「そう」

志乃はちょっと考える仕草をみせて、

「ゆうべもお仲間と一緒だったんですか？」

「仲間といっても、たぶん、三、四日前に駒形《こまがた》の居酒屋で知り合った人だと思うんですけど――」

「居酒屋で？」

「卯三郎さんとか。……たしかそんな名の人でした。もちろん、わたしは一度も会っ

たことはないんですが、うちの人にいわせると、その卯三郎さんて人は気風《きっぷ》もいいし、呑みっぷりもいいし、酔っても乱れないのがさらにいいと、手放しのほめようでした。……おそらく、ゆうべもその人と一緒だったんじゃないかと思います」

「ひょっとすると——」

志乃は思案げな目でおはつを見た。

「政太郎さんを博奕場にさそったのは、その人じゃないかしら？」

「かもしれませんね」

つぶやきながら、おはつは気丈に笑ってみせた。

「わかりました。これから御番所に行ってたしかめてきますよ。べつに他人《ひと》さまに迷惑をかけたわけじゃないし、博奕場に行ったのもはじめてのことですから、せいぜい敲《たた》きか過料《かりょう》（罰金）ぐらいでご赦免《しゃめん》になると思います」

志乃は黙って笑みを返した。

青く澄み渡った空に、鰯雲《いわしぐも》が浮いている。

日一日と秋が深まり、路傍の樹木もハラハラと葉を落としはじめている。

冷たい海風が吹き寄せる鉄砲洲《てっぽうず》の海岸通りを、背を丸めてとぼとぼと歩いて行く侍の姿があった。南町奉行所寄場見廻り同心・竹内平四郎である。

午前中を奉行所の詰所で過ごし、昼食をとったあと石川島《いしかわじま》に出向き、ひとわたり人足寄場の様子を見廻って七ツ（午後四時）ごろ帰宅するのが、竹内の日課になっていた。

石川島は、佃島《つくだじま》の北側に隣接する島で、古くは森島《もりしま》、鎧島《よろいじま》と呼ばれていたが、旗本石川大隅守《おおすみのかみ》（所領四千石）が島を拝領してから「石川島」と呼ばれるようになった。のちに石川氏は永田町に屋敷替えになり、寛政二年（一七九〇）、その屋敷跡に人足寄場ができたのである。

石川島に行くには、鉄砲洲の船松《ふなまつ》町から渡し船で佃島に渡らなければならない。佃島から石川島へは砂州《さす》を埋め立てた道が通っているので、徒歩《かち》で渡ることができた。

人足寄場の敷地は、およそ一万六千三十坪。ほぼ三角形の地形をしており、周囲は竹矢来で囲繞《いにょう》されている。島の西側に柵門《さくもん》があり、この門を入ると正面に役所があった。

人足寄場を統轄しているのは、寄場奉行の曲淵勘解由《まがぶちかげゆ》。役高二百俵二十人扶持。その下に寄場元締（五十俵三人扶持）三名、さらに見張役鍵番《かぎばん》三名、門詰《もんづめ》八人などの下役がいる。

竹内が柵門をくぐって、役所の前にさしかかると、

「お役目ご苦労にございます」

役所の玄関から出てきた鍵番の侍が慇懃《いんぎん》に頭を下げた。

「変わりはないか」

「はい」

そっけなく応えて、鍵役の侍は小走りに立ち去った。あからさまに竹内を煙たがっている態度である。だが、竹内はべつに気にするふうもなく、飄然《ひょうぜん》とした足取りで奥に歩を進めた。

役所の左奥に細長い長屋が建っている。この長屋には一番から七番まで部屋があり、寄場に送られてきた無宿者や科人たちは、罪の軽重によって部屋を分け与えられた。

長屋の前の広場の中央には、炭団《たどん》と胡粉《ごふん》（蛤の殻を砕いた白色顔料）の製作所があり、さらに南側には大きな作業小屋があった。その小屋の中で柿色に白の水玉を染め抜いた御仕着《おしきせ》（木綿《もめん》の筒袖半纏《つつそではんてん》）姿の人足たちが黙々と働いている。

作業の内容は、紙漉《かみす》き、籠《かご》作り、草履《ぞうり》作り、縄細工、煙草切り、大工、左官、鍛冶などである。とくに手職のない者は炭団作りや胡粉作りに従事させられた。

作業時間は朝五ツ（午前八時）から夕七ツ（午後四時）まで。昼食の半刻（一時間）をのぞいて、休みなしで働かされる。監視の目はきびしく、作業中にちょっとでも手を休めたり、私語を交わしたりすると、すぐに見張番が飛んできて仕置部屋に連れて行かれ、過酷な折檻《せっかん》を受けることになる。

また、ここには収容者だけに適用される寄場刑法があり、逃亡を企てた者、盗みを働いた者、徒党を組んだ者、博奕をした者は死罪に処され、職業不精《ぶしょう》や申し付けを用いない者は遠島、軽微な罪の者は佐州《さしゅう》（佐渡）、もしくは豆州《ずしゅう》（伊豆）の島々に流された。

そうしたきびしい箝制《かんせい》下におかれた寄場人足たちは、数本の柱の上に板屋根をのせただけの粗末な作業小屋の中で、海から吹き寄せる寒風にさらされながら、日々蟻《あり》のように休みなく働かされるのである。

その作業小屋の一角で、竹内はふと足を止めた。鍛冶場の前である。中で見慣れぬ人足が二人、額に汗をしたたらせて、真っ赤に焼けた鉄片を大金鎚で打っている。

「おい、世話役」

竹内が小屋の奥に声をかけた。

「へい」

と応えて出てきたのは、花色水玉模様の御仕着を着た初老の人足だった。花色水玉模様の筒袖は、人足の中から選ばれた「世話役」と呼ばれる役付人足だけに与えられる御仕着である。

「あの二人は新入りか？」

「へえ。おとつい送られてきたばかりでございます」

「罪科は？」

「二人とも博奕の科《とが》だそうで」

「すまんが、あの二人を呼んでもらえんか」

「かしこまりました」

世話役の人足は小屋の中にとって返し、すぐに二人の男を連れてきた。一人は肩の肉が盛り上がった、がっしりした体つきの四十一、二の男。――先夜、「博奕船」で捕縛された鍛冶職人の政太郎だった。もう一人のずんぐりした男は、鋳掛け屋の重吉である。

「名を聞こう」

「手前は政太郎と申します」

「重吉と申します」

二人は神妙な顔で応えた。

「手職は？」

「鍛冶職人でございます」

「手前は鋳掛け屋を商っております」

「博奕の科で送られてきたそうだが、前にも捕まったことがあるのか」

「いえ、はじめてでございます。博奕に手を出したのも今回がはじめてで――」

応えながら、政太郎は額の汗を手の甲で拭った。

「手前も同じでございます」

重吉が小さな声で応えた。

「そうか」

竹内は不審そうにあごをつるりとなで上げた。堅気《かたぎ》の職人が博奕ごとき微罪で寄場に送られてくるというのは異例のことだった。ましてやこの二人は初犯であり、ふつうなら過料で放免されるはずである。吟味与力の心証が悪かったとしか思えない。

「手業《てわざ》に精勤すれば十日ほどでここを出られる。心して働くんだぞ」

「へい」

丁重に頭を下げる二人に背を向けて、竹内はゆっくりその場を離れた。

4

ヒュルル、ヒュルル……。

虎落笛《もがりぶえ》のような音を立てて、海から吹き寄せる風が一段と強まった。乾いた地面からもうもうと土埃《つちぼこり》が舞い上がり、視界一面が白茶けた砂塵《さじん》におおいつくされてゆく。まるで砂嵐のような光景である。

吹きすさぶ風に翻弄《ほんろう》されながら、竹内平四郎は背をかがめて足早に寄場の柵門を出ていった。その姿を番所の窓から見ていた見張番の一人が、ひらりと身をひるがえして番所を飛び出して行った。向かった先は、役所の奥にある寄場奉行の役宅である。小走りに役宅の玄関に駆け込み、中廊下を突き進んで奥書院の前の廊下にひざまずいた。

「南町の竹内平四郎どの、見廻りを終えてただいま帰途につきました」

「よし」

嗄《か》れた声が返ってきた。

「すぐに船の支度をいたせ」

「はっ」

襖《ふすま》に向かって一礼し、下役人は廊下をすべるように退出していった。

部屋の中では、二人の武士が茶を喫していた。一人は寄場奉行の曲淵勘解由。嗄れた声のぬしである。歳四十六。眼光炯々《けいけい》とするどく、狷介《けんかい》な面構《つらがま》えをしている。対座しているもう一人の武士は、北町奉行所同心支配役与力・峰山文蔵。歳四十二。広い額にわし鼻、薄い唇。曲淵同様、この男も一筋縄ではいかぬ風貌をしている。

「では、ぼちぼちまいりましょうか」

飲み終えた湯飲みを茶盆にもどして、峰山がゆったりと腰を上げた。

役宅を出た二人は、柵門とは反対側の東に足を向けた。

広場の東はずれに丸太門があり、そのわきの番小屋の前に門詰の下役人が二人立っていた。門の外は石積みの船着場になっており、桟橋に「寄場御用」の幟《のぼり》をかかげた屋根船が係留されていた。この御用船は寄場役人たちの足として使われるほか、作業場の資材の運搬船としても使われていた。

曲淵と峰山の姿を見て、二人の下役人がすかさず門扉を開け、二人を桟橋に案内した。船頭《ふながしら》と三人の舟子がすでに出航の準備をととのえて待機していた。二人が船に乗り込むと間もなく、御用船はゆったりと荒波の中に漕ぎ出していった。

石川島を出ておよそ小半刻。

先刻より風はややおさまったものの、あいかわらず波は荒い。二人を乗せた御用船は、木の葉のように揺れながら、白波を蹴立てて大川の河口に入っていった。

三ツ股（中洲《なかす》）を経由して永代橋《えいたい》の下をくぐり、さらに上流の両国橋をくぐると、御用船は舳先《みよし》を大きく左に向けて神田川を遡行していった。

吹きすさんでいた風もようやくおさまり、西の空に沈みかかった陽差しが、鏡のように凪《な》いだ川面を赤々と染めはじめている。

柳橋、浅草御門橋、新《あたら》シ橋、筋違《すじかい》御門橋、昌平《しょうへい》橋、水道橋――神田川に架かる六ツの橋を経由したのち、御用船はほどなく水戸邸前の船着場に接岸、曲淵と峰山はそこで船を下りた。

船着場の石段を上ると、正面に水戸中納言《ちゅうなごん》上屋敷の長大なまこ塀が見えた。現在、東京ドームがある場所である。周囲には大小の武家屋敷が櫛比《しっぴ》している。

水戸邸の北側、小石川富坂《とみさか》町に幕府鉄砲方・田之倉外記の屋敷があった。曲淵と峰山が向かったのはその屋敷だった。

田之倉は役高二百俵の小身旗本だが、自邸に鉄砲の整備や修理を行う御鉄砲磨方《みがきかた》を十数人かかえているので、千石級の旗本に匹敵するほど広い屋敷を拝領している。門構えも大身《たいしん》並の長屋門である。

門番に来意を告げると、二人はすぐに表書院に通された。

茶菓を運んできた奥女中が引き下がり、入れちがいに田之倉が入ってきて、

「遠路お運びいただき、恐縮に存じまする」

曲淵の前に両手をついて、丁重に頭を下げた。

「ま、ま、お手をお上げくだされ」

曲淵は満面に笑みを浮かべながら、

「先日の依頼の儀、さっそく峰山どのが手配《てくば》りしてくれましたぞ」

といって、となりの峰山にチラリと視線を向けた。曲淵はこの春、目付《めつけ》から寄場奉行に昇進したばかりの男である。目付は幕臣の非違《ひい》を監察する現代の検察官のような

もので、旗本・御家人から鬼のように恐れられた存在だった。田之倉とは同じ二百俵高の旗本でありながら、やや見下したような物言いをするのは、そのせいであろう。

　曲淵の言葉を受けて、峰山が手柄顔でいった。

「腕のよい職人を二人ばかり寄場に送り込みましたよ」

「さようでござるか」

　田之倉の顔にも笑みがこぼれた。

「ほかにも寄場には鍛冶や金細工《かねざいく》の手職を持つ者が十数人おるので、そやつらに峰山どのが送り込んできた二人の職人に技を仕込ませれば、田之倉どのの依頼の件にも十分対応できると存ずる」

　そういうと、曲淵はふっふふとふくみ笑いを洩らして、茶をすすり上げた。

　田之倉の依頼とは、寄場の人足たちに〝気炮〟の部品を大量に造らせることだった。それらの部品を自邸に運び込み、配下の鉄砲磨方に組み立てさせれば、〝気炮〟の量産は可能になる、と田之倉は踏んだのである。

　もともと寄場の作業小屋には鍛冶専門の仕事場があり、農具や刃物などを生産するための巨大な炉や鞴も備わっていたし、そこで働く人足も十数人いた。つまり〝気炮〟の量産に必要な設備と労働力がととのっていたのである。それに熟練の職人が二人加われば、まさに万全……。

「あとは図面が完成するのを待つばかりですな」

峰山がいった。前述したように、峰山は公辺や旗本諸侯に幅広い人脈を持っている。田之倉と曲淵を引き合わせたのも、じつはこの男だったのである。

「九分どおり仕上がっておるので、一両日には完成するのではないかと」

「田之倉どの」

曲淵が膝詰めに田之倉を見た。

「その〝気炮〟とやらを見せてはもらえまいか」

うなずいて田之倉は立ち上がり、床の間の厨子《ずし》の中から細長い袱紗《ふくさ》包みを取り出すと、曲淵の前でおもむろに包みを開いてみせた。

「ほう」

〝気炮〟を手に取って、曲淵はしげしげと見入った。

「試し撃ちをなさってみてはいかがかな」

田之倉が庭に面した障子を開け放ち、前栽《せんざい》の奥の黒松の老樹を指さした。

「あの木を的《まと》に」

「では――」

にんまり笑いながら、曲淵は〝気炮〟の基部をカシャッと屈折させ、銃床を肩につけて庭の黒松に照準を当てた。距離はおよそ七間（約十三メートル）。引き金に指がかかる。

　バスッ！

　鈍い発射音とともに、黒松の枝がビシッと音を立てて飛び散った。

「なんと……！」

　思わず曲淵の口から驚嘆の声が洩れた。

「これは凄い……。火薬を使わずとも、これほどの威力があるとは――」

　得たり、と田之倉が笑う。

「手前もこの銃をはじめて手にしたときは、驚嘆いたしました」

「田之倉どの」

　曲淵がさらに膝を進めて、

「この銃は売れますぞ。五十両、いや百両の値をつけても買い手はいくらでもいる。量産が叶《かな》えば大商いになること請《う》け合い」

　興奮のあまり、声が昂《たかぶ》っている。

「仮に一挺《ちょう》百両として、百挺造れば一万両。……まさに宝の山を掘り当てたも同然でござる」

「その宝の山へ同行《どうぎょう》三人、夢の旅立ちという趣向――」

　田之倉が老獪な笑みを浮かべながら、二人に向き直って低頭した。

「あらためてご両所には、お力添えのほど、よろしくお願い申し上げる」

「ぜひもござらぬ。大船に乗ったつもりでおまかせくだされ。のう、峰山どの」

「およばずながら、手前も一肌……」

目元に薄い笑みをにじませて、峰山が軽く頭を下げた。

「前祝いと申しては何ですが」

田之倉がゆったりと腰をあげて、

「次の間にささやかな酒席を用意いたしましたので、どうぞ」

と隣室の襖を引き開けた。豪華な酒肴《しゅこう》の膳部がととのっている。


西の障子窓に茜《あかね》色の残照が映えている。

日暮れ前の静謐《せいひつ》な時の流れの中で、さらさらとそよぐ呉竹《くれたけ》の葉ずれの音が、いっそうその静けさをきわ立たせている。

窓ぎわの文机で、片岡京助は無心に筆を走らせていた。

裏庭の土蔵から屋敷の奥の十畳の部屋に移されて四日がたっていた。文机のかたわらには、すでに書き上げた〝気炮〟の図面がうず高く積まれている。

銃身、銃床、蓄気部、基部、目当（照準）、引き金、螺子《ねじ》、発条《ばね》などの細々とした部品の図面が、ざっと数えただけでも五十枚はあるだろう。

図面の一枚一枚には、各部品の正確な寸法や沸《わ》かし付け（溶接）、鍛冶《たんや》（金打ち）、螺子止め、打ち込みなどの仕様も仔細に書き込まれている。

（できたぞ）

最後の一枚を書き上げて、京助はゆっくり筆を硯箱《すずりばこ》に置いた。

この四日間、昼夜を分かたず精根こめて書きつづけてきたためか、さすがに疲労の色は隠せなかった。目はくぼみ、頬はげっそりとやつれ、顔は土気色になっている。

ふうっ。

大きく吐息をつきながら、京助は完成した図面に目を通した。数字ひとつ、線一本、間然《かんぜん》するところのない完璧《かんぺき》な出来ばえである。

（よし）

充足感に満ちた顔で、京助は力強くうなずいた。

この図面をもとに田之倉家が〝気炮〟の量産に成功すれば「片岡京助」の名は六十余州津々浦々に広まり、名工・国友藤兵衛をしのぐ鉄砲鍛冶として、その業績と栄誉は永遠に歴史に残るであろう。そう思うと体が震えるほどの感動を覚えた。

京助の長年の夢と野望が、一歩現実に近づいたのである。

——わしは国友藤兵衛を越えた。

職人の矜持《きょうじ》、名声、野心、利欲……、胸中にさまざまな思いが駆けめぐる。京助は文机の上の湯飲みを取って、冷めた茶をぐびりと喉に流し込んだ。そのときである。

廊下に足音がして、からりと襖が開いた。

「どうだ？　進み具合は」

入ってきたのは、青柳徳之助と井原源吾である。

「できたぞ」

「そうか」

二人はずかずかと文机に歩み寄り、図面の束を手に取って一枚一枚に視線を走らせた。

「うーむ」

とうなりながら、青柳は思わず井原の顔を見た。

「みごとな出来ばえだ」

井原がいった。

「この図面があれば寄場の人足でも造作なく作れるであろう」

「寄場の人足？」

けげんそうに訊き返す京助に、

「いや、なに……」

とあいまいな笑みを浮かべながら、猫なで声で井原がいった。

「御前さまからくれぐれも労をねぎらってやってくれと申しつかってきた。気散じに外に出て、うまい酒でも呑まんか」

「せっかくだが、わしはいささか疲れたので——」

「まま、そういわずに……」

すかさず青柳がとりなして、

「水道橋の近くに水戸さまがお忍びで通われるという老舗《しにせ》の料亭がある。その料亭にわざわざ御前さまが一席もうけてくださったのだ」

「おまえの労をねぎらうためにな」

井原がいった。

「帰邸したらすぐ床《とこ》につけるように臥床《ふしど》の支度をさせておく。さ、まいろう」

青柳にうながされて、京助は不承不承腰を上げた。

三人は裏門から屋敷の裏手の路地を抜け、水戸邸の東側の道を通って神田川の河岸道に出た。四辺は淡い夕闇につつまれ、往来する人影もなく、ひっそりと静まり返っている。

河岸道の楓《かえで》の木がすっかり葉を落として、裸になった梢《こずえ》が寒々と夜風にゆれていた。

京助が外の景色を見るのは、半月ぶりである。その半月の間に秋は足早に駆け抜け、神田川の川面から吹き上げてくる風は、すでに冬の気配をふくんでいた。

「時のうつろいは早いものだな」

歩きながら、京助が低くつぶやいた。その声が聞こえないのか、それともあえて無視しているのか、先を行く青柳と井原は無言で歩を運んでいる。

「――江戸は雪が降るのか」

京助の問いかけに、ようやく青柳と井原が振り向いた。

「たまに降ることはあるが、すぐに溶ける」

応えたのは、青柳である。

「わしは松代生まれの松代育ちだが、雪は苦手だ」

「歳のせいであろう」

井原が皮肉まじりにいった。

「かもしれんな。雪が降ってよろこぶのは子供と犬だけだ」

「江戸が気に入ったか」

「気に入るも入らんも、江戸の町を見たのは今夜がはじめてだからな」

京助がいい返すと、井原はむっとした顔で、

「おれが訊いているのは、江戸の暮らしのことだ」

「――わしは腹を決めたよ」

京助が真顔になって、

「田之倉家の鉄砲鍛冶として一生を江戸で暮らし、この地に骨を埋めようとな」

「ふふふ、それは結構なことだ」

青柳の目に狷介な笑みがよぎった。足を止めて京助を射すくめると、

「では、望みどおりにしてやろう」

「！」

京助はハッと息を呑んで後ずさった。青柳と井原の手が刀の柄《つか》にかかっている。

「まさか……！」

「おまえの役割は終わった。望みどおり骨を埋めてやる」

青柳と井原がぎらりと刀を抜き放った。

「お、おのれ！　謀《はか》ったな！」

叫ぶと同時に、京助は身をひるがえして脱兎《だっと》のごとく奔馳《ほんち》した。が、一瞬速く、袈裟がけに斬り下ろした青柳の刀が、京助の背中をざっくり切り裂いていた。

ドッと音を立てて血が噴き飛ぶ。京助の上体が大きくのけぞったところへ、井原がとどめの一刀を左脇腹にぶち込んだ。切っ先が右脇腹に突き抜けた。

刀をグイと引き抜くと、京助は前のめりによろけながら、河岸道から土手の急斜面を転げ落ち、闇の底に吸い込まれていった。

ややあって、どぼんと水音が立った。

刀を納めながら、青柳と井原は無言で土手下の闇をのぞき込み、顔を見交わしてうなずき合うと、何事もなかったかのように背を返して足早に立ち去った。

翌早暁――。

東の空がしらしらと明けそめたころ、白い朝靄《あさもや》が立ち込める神田川の川面を、一挺の猪牙舟が櫓音《ろおと》も立てずにゆっくり下っていった。柳橋の船宿に朝帰りの客を迎えにゆく、俗にいう「迎え舟」である。

初老の船頭は舟を流れにまかせ、艫《とも》に座ってのんびり煙管をくゆらしている。

朝靄の奥に墨絵《すみえ》のようにぼんやりとにじんでいた岸辺の風景が、時の経過とともにしだいに鮮明に浮かび立ち、やがて紗幕《しゃまく》を引くように朝靄が晴れた。

昌平橋の下をくぐって半丁ほど下流に行ったところで、船頭がふと川面に目をやった。何やら黒い物体が浮き沈みしながら、舟に近づいてくる。立ち上がって水棹を手に取り、その浮遊物を舟べりに引き寄せたとたん、

「げえッ！」

と奇声を発して、船頭は胴ノ間にへたり込んだ。

浮遊物は片岡京助の斬殺死体だった。

5

かあーん、かあーん。

日本橋牡蠣殻町《かきがらちょう》の雑木林に、乾いた音がひびき渡っている。

その音に引き寄せられるように、市田孫兵衛は雑木林の中の小径《こみち》をせわしげな足取りで歩いていた。雑木林の下の地面はびっしり枯れ葉におおいつくされており、どこが径なのか皆目見当もつかないのだが、通い慣れた孫兵衛の足は、正確にその径をたどっていた。

雑木林を抜けると、前方に『風月庵』の丸太門が見えた。

かあーん。かあーん。

乾いた音は丸太門の中からひびいてくる。門をくぐって勝手口のほうへ歩を進めると、斧《おの》で薪《まき》を割っている幻十郎の姿が目に入った。諸肌《もろはだ》脱ぎである。褐色《かっしょく》の肌にうっすらと汗が浮き、白い湯気が立ちのぼっている。孫兵衛が足を止めて、

「精が出るな」

と声をかけると、幻十郎は斧を置いてゆっくり振り返り、

「そろそろ冬支度をしておかなければならんので――」

いいながら、額の汗を手で拭いた。

「死神も冬の寒さには勝てんか」

揶揄《やゆ》するようにいって、孫兵衛は薪の束の上に腰を下ろした。幻十郎は取り合わず、着物の袖に腕を通しながら、

「で、用向きは？」

と訊いた。

「先ほど不破儀右衛門どのがたずねてこられてな」

「何か変わったことでも？」

「大ありだ」

苦い顔で孫兵衛はあごを撫でた。

「片岡京助が殺された」

「何ですって」

「今朝方、猪牙舟の船頭が、神田川に浮いている京助の死体を見つけたそうじゃ」

「水死ですか」

「いや、斬られたらしい」

「すると、下手人は侍？」

「おそらくな。……それにしても妙な話じゃ」

「妙?」

「京助が拉致されてから半月あまりがたっておる。その半月間、江戸のどこかに監禁されておったのだろうが、なぜいまごろになって一味は――」

京助を殺したのかと、独語するようにいって、孫兵衛はしきりに首をひねった。

「その謎を解くには、逆の見方をしたほうがいいでしょう」

幻十郎が応えた。淡々とした声である。

「逆の見方?」

「片岡京助をいままで生かしておいた理由《わけ》ですよ」

「というと……?」

「拉致一味は京助から何かを聞き出そうとしていたのではないかと……、つまり」

といいさすのへ、孫兵衛がハタと膝を打って、

「死神、それじゃ! 〝気炮〟の製法を聞き出そうとしたに相違ない!」

「ご明察《めいさつ》」

「一味が京助を拉致した目的はそれだったんじゃ。だが、京助は頑《がん》として聞き入れなかった。それゆえ殺されたにちがいない!」

畳み込むようにいう孫兵衛を、幻十郎は冷ややかな目で見返した。

「もしくは一味の脅迫に屈して〝気炮〟の製法を打ち明けてしまったか」

「あ？」

孫兵衛は虚を突かれたような顔になった。

「つまり、用済みになったということですよ」

「！」

孫兵衛の顔が硬直した。一拍の沈黙のあと、ゆっくりと立ち上がり、

「もしそうだとすると、事態はますます深刻だぞ」

うめくようにいった。

「わかっております」

幻十郎の声はあいかわらず淡々としている。

「仮に一味が〝気炮〟の製造に手を染めたとしても、完成まではかなりの時間《とき》がかかるでしょう。それまでにはかならず一味の正体を――」

「…………」

無言でうなずくと、孫兵衛はくるりと背を向けて、

「いいたいことは山ほどあるが、いまは何もいうまい。おぬしの言葉を信じるだけだ」

つぶやきながら歩き出した。

幻十郎は黙って見ている。心なしか孫兵衛の大きな背中が弱々しく見えた。

「いい忘れていた」

ふと思い出したように足を止めて、孫兵衛が振り返った。

「おぬしが熊谷宿の雑木林の中で見つけた侍の死体、あれはやはり松代藩江戸詰めの近習頭・菅谷辰之進だった」

「では、あの梅鉢の紋所の印籠は……？」

「菅谷の物だった。惜しい男を亡くしたと、不破どのは嘆いておられた」

そういって、大股に立ち去る孫兵衛のうしろ姿を見つめながら、

「四人か――」

幻十郎がぼそりとつぶやいた。

熊谷宿で殺された御先手組の飯島欣次郎、笹田庸之助、今朝、死体で発見された鉄砲鍛冶の片岡京助、そして近習頭・菅谷辰之進。松代藩はこれで四人の藩士を失ったことになる。

（それにしても、いったい何者が……？）

一味の姿がいまだに見えてこないことに、幻十郎は内心苛立《いらだ》っていた。ふたたび斧を手に取るなり、渾身の力で振り下ろした。

かあーん。

乾いた音を立てて、薪が真っ二つに割れた。

第四章　疑惑

1

玄関の土間に足を踏み入れた瞬間、幻十郎の目がふと足元を見た。女物の草履《ぞうり》がある。顔を上げて板間の奥を見た。囲炉裏端で志乃が背を向けて茶を飲んでいる。

「きていたのか」

声をかけながら、幻十郎は板間に上がり込み、囲炉裏の前に腰を下ろした。歌次郎の姿はなかった。志乃が急須の茶を湯飲みに注いで、差し出した。

「市田さまはお帰りになったんですか」

「ああ」

「何か悪い知らせでも？」

「片岡京助が殺されたそうだ」

「そう……」

細い眉《まゆ》を曇らせて、志乃は暗然と目を伏せた。

「歌次のやつ、おまえさんに面倒な仕事を頼んだそうだな」

「べつに、面倒なことはありませんよ。鍛冶屋の政太郎さんが、たまたまわたしの知り合いだったので——」

「で？」

「政太郎さん、石川島の寄場に送られたそうです」

「寄場に？」

「重吉という鋳掛け屋さんも一緒です」

志乃の調べによると、政太郎と重吉は一面識もなかったそうだ。博奕船《ばくちぶね》の中ではじめて顔を合わせたらしい。

「それにしても、たかが博奕で寄場送りとはな——」

不審そうにあごをなでながら、幻十郎が訊《き》き返した。

「政太郎には前科《まえ》があったのか」

「いいえ、二人とも博奕に手を出したのは、あの晩がはじめてだったそうです」

「そいつは妙な話だな」

博奕の初犯で寄場送りというのは、どう考えても腑《ふ》に落ちない。

「あの晩、『甲州屋』の博奕船の中には四人の客と中盆や壺振《つぼふ》りがいたそうですね」

「ああ、鬼八の手下がたしかめたから、まちがいねえだろう」

「ところが、捕まったのは政太郎さんと重吉さんの二人だけなんです」

「あとの四人はまんまとずらかったそうだ」

「その四人なんですけど――」

といいさして、志乃はふたたび茶盆の湯飲みを手に取り、

「羅漢寺一家の身内だったんですよ、四人とも」

「なに」

幻十郎の目がぎらりと光った。賭場《とば》を仕切っている中盆と壺振りはともかく、二人の客までが羅漢寺一家の身内だったとは……。

「つまり、身内が客になりすましていたってわけか」

「しかも、政太郎さんと重吉さんを博奕にさそったのも、その二人だったんです」

「なるほど」

それで謎が解けた。あの晩の「博奕船」の手入れは、政太郎と重吉を捕縛するために、北町奉行所と『甲州屋』、そして羅漢寺一家が仕掛けた罠《わな》だったのだ。

だが、謎はまだ残る。政太郎と重吉を罠にはめてまで捕縛しなければならなかった理由とは何なのか。そして初犯の二人を過料や敲《たた》きの刑より重い、「寄場送り」にし

たのはなぜなのか。そのねらいがさっぱりわからなかった。

「客になりすました二人の男の素性はわかっているのか」

幻十郎が訊いた。

「ええ、羅漢寺一家の若頭・寅八と小頭の卯三郎という男です」

その二人が別々に政太郎と重吉に接近し、言葉たくみに博奕船にさそったという。

「二人が溜まり場にしている居酒屋も突き止めました。ご案内しましょうか」

「場所は？」

「深川の浜十三町です」

「たまには二人きりの道行ってのも悪くはねえな」

幻十郎が笑ってそういうと、志乃がすかさず、

「あまり色っぽい道行じゃありませんけどね」

とやり返して、くすっと微笑《わら》った。


羅漢寺一家の貸元・五郎蔵の家は、深川大島町にある。敷地はおよそ二百坪。その敷地内に建物が二棟あり、五郎蔵と女房子供は母屋に住み、十五人の身内衆は二階建ての別棟に住んでいた。

大島町は越中島《えっちゅうじま》の北側、大島川をへだてたところにある。往古は東南方向が海に

なっていて、西北には窪地《くぼち》が広がり、浅い川が流れる一つの島であった。それが大島町の町名の由来である。

現在、この町の北には蛤町《はまぐりちょう》があり、西は黒江川《くろえがわ》をへだてて中島《なかじま》町、東は大島川の向こうに松平伊豆守《まつだいらいずのかみ》の下屋敷がある。この一帯が羅漢寺一家の縄張りであり、俚俗《りぞく》に「浜十三町」といった。

深川最大の歓楽街、富岡八幡宮《とみおかはちまんぐう》の門前仲町《もんぜんなかちょう》のにぎわいにはおよびもつかないが、この町の一角にも盛り場があり、酒色を商う大小の店が軒をつらねていた。路地をうろついている嫖客《ひょうかく》の大半は日雇《ひようとり》の職人や人足、願人坊主《がんにんぼうず》といった下層階級の男たちである。

大島町の北側に隣接する蛤町の東はずれに、屋台のおでん屋が出ている。その屋台の前で酒を酌みかわしている男と女がいた。幻十郎と志乃である。

幻十郎は黒羽二重《はぶたえ》の着流しに大刀の落とし差し、志乃はやや濃いめの化粧に、黒襟《くろえり》の盲縞《めくらじま》の着物を着ている。一見して玄人女《くろうと》と客が酒を呑んでいる、といった図である。

道をはさんで向かい側に、縄のれんを下げた居酒屋が見える。間口は二間半ほど、軒端の角行灯《かくあんどん》に『布袋屋《ほていや》』と記されている。幻十郎と志乃は酒を酌み交わしながら、『布袋屋』に出入りする男たちにさり気ない視線を送っていた。

しばらくして、二人の男がふらりと『布袋屋』から出てきた。

「あいつらです」

志乃が小声でいった。幻十郎の目が動いた。

「右の小肥りが若頭の寅八、左が小頭の卯三郎です」

「よし」

とうなずいて立ち上がり、

「おまえはここで待っててくれ」

いいおいて、幻十郎は何食わぬ顔でその場を離れた。

ほろ酔い機嫌で歩いてゆく寅八と卯三郎のあとを、幻十郎はゆっくり跟《つ》けはじめた。

ほどなく黒江川の川岸の道に出た。ここまでくると明かりもまばらになり、行き交う人影もほとんどない。幻十郎は歩度を速めて二人の背後に迫った。

「ちょいと物をたずねるが……」

二人はぎくりと足を止めて振り返った。幻十郎がつかつかと歩み寄ってくる。

「な、何だい、おめえさんは?」

剣呑《けんのん》な目で誰何《すいか》したのは、寅八である。

「見たとおりの素浪人だ」

「あっしらに何か?」

首を突き出すようにして、卯三郎が訊いた。

「鍛治屋の政太郎と鋳掛け屋の重吉を博奕船にさそったのは、おめえたちだな」

「だ、出し抜けに……、何をいいやがる！」

気色ばむ二人に、

「誰に頼まれた」

幻十郎が切り込むように詰問した。

「知らねえ。何のことやらさっぱり――」

「とぼけるな！」

幻十郎が一喝すると、寅八は居直るように薄笑いを浮かべて、

「ご浪人さん、ここは羅漢寺一家の縄張内《しまうち》なんだぜ。痛え目にあわねえうちに、とっとと……」

いい終わらぬうちに、幻十郎の鉄拳が寅八の顔面に飛んでいた。ぐしゃっと鈍い音がして、寅八の顔がゆがんだ。鼻血が飛び散り、寅八の上体が大きくゆらいだ。

「て、てめえ！」

逆上した卯三郎が匕首《あいくち》を引き抜き、猛然と斬りかかってきた。幻十郎は横に跳んで、手刀で匕首を叩き落とし、前のめりになった卯三郎の鳩尾《みぞおち》に膝蹴《ひざげ》りをぶち込んだ。

「げっ！」

とうめいて、くの字に体を折りながら、卯三郎はその場に崩れ落ちた。

「野郎！」

背後から寅八が突きかかってきた。切っ先が幻十郎の脇腹をかすめた瞬間、
しゃっ！

紫電一閃《いっせん》、抜きつけの一刀が寅八の首すじを薙《な》ぎ上げていた。悲鳴を上げて寅八は仰向けに転がった。切り裂かれた首の血管から物凄い勢いで血が噴き出している。たちまち地面に血だまりができた。

卯三郎がすかさず匕首を拾い上げ、必死に斬りかかってきた。

ずばっ。

打ち下ろした幻十郎の刀が、卯三郎の腕を両断した。

「わッ」

と叫んで、卯三郎は地べたに転がった。両断された腕が匕首をにぎったまま、おびただしい血を撒《ま》き散らして黒江川に飛んでいった。けだもののようなおめきを発しながら地面を転げまわっている卯三郎の胸元に、幻十郎がぴたりと切っ先を突きつけた。

「た、頼む。い、命だけは……、助けてくれ」

卯三郎が哀願する。

「素直に吐けば助けてやる。誰に頼まれてあの二人を博奕船にさそった？」

「き、北町与力の……、峰山さまだ」

あえぎあえぎ、卯三郎が答えた。

「二人を寄場送りにしたねらいは何なんだ？」

「し、知らねえ」

「いまさら白《しら》を切ってもはじまらねえぜ」

「ほ、本当に知らねえんだ」

「………………」

カシャ。鍔《つば》が鳴った。幻十郎が刀を逆手《さかて》に持ち替えたのである。

「た、頼むから、刀を引いてくれ」

「わかった。楽にしてやろう」

いいざま、逆手に持った刀を垂直に突き下ろした。肉をつらぬく鈍い音とともに、卯三郎の体がびぐっと痙攣《けいれん》し、そのまま声もなく息絶えた。切っ先は卯三郎の胸板をつらぬいて地面に突き刺さっている。文字どおりの串刺しである。

刀を引き抜き、血振りをして鞘に納めると、幻十郎は足早に立ち去り、志乃が待つ蛤町の屋台にとって返した。

「どうでした？」

志乃が小声で訊いた。

「案の定、黒幕は北町の峰山だ。それ以上のことは、やつらも知らねえ」

「そう……」

小さくうなずくと、志乃は気を取り直すように、

「一杯いかがですか。お清めのお酒」

幻十郎はかぶりを振って、屋台のあるじに酒代を払い、「河岸《かし》を代えて呑み直そう」

といって志乃をうながした。

2

黒江川の川端の道を通りかかった地廻りが、寅八と卯三郎の斬殺死体を見つけたのは、それから四半刻（三十分）後だった。たちまち町じゅうが大騒ぎになった。

駆けつけてきた羅漢寺一家の身内によって、二人の死体は戸板にのせられ、大島町の五郎蔵の家の庭に運び込まれた。

「なんてこった……」

変わり果てた二人の姿を見て、貸元の五郎蔵は絶句した。

寅八と卯三郎は、五郎蔵が浜十三町に一家を構えたときから、骨身を惜しまず尽瘁《じんすい》してきた、いわば一家の二本柱であり、五郎蔵の腹心中の腹心でもあった。その二人が見るも無惨に殺されたのである。やり場のない怒りと悲しみが五郎蔵の胸にこみ上

げてきた。顔が真っ赤に紅潮し、固くにぎった両拳《こぶし》はぶるぶると激しく震えている。

「この借りはかならず返してやる！」

吐き捨てるようにいって背を返すと、五郎蔵は居間にもどって羽織を引っかけ、憤然と家を出て行った。

向かった先は、浅草花川戸の『甲州屋』である。

表通りに面した大戸はすでに下ろされていた。くぐり戸から中に入り、奥に声をかけると、手燭を持った番頭が出てきて、

「あいにく、旦那さまは他行《たぎょう》しておりまして」

と申しわけなさそうにいった。

「行き先はわかるかい？」

「橋場《はしば》の寮でございます」

「客がきてるのか？」

「北の御番所の峰山さまがお見えになられると聞きましたが」

「そうかい。じゃ、そっちのほうに寄ってみる。夜分すまなかったな」

軽く頭を下げて、五郎蔵は『甲州屋』を出た。

橋場は花川戸から大川端ぞいに北に十数丁行ったところにある閑静な町である。

治承《じしょう》四年（一一八〇）、源 頼朝《みなもとのよりとも》が下総国《しもうさのくに》より武蔵国《むさしのくに》へ軍勢を渡すために、大川

の対岸からこの町の川岸に兵船をつらねて橋とした、と『源平盛衰記』に記されていることから橋場の名が起こったという。

町の西には浅茅《あさじ》ケ原や鏡《かがみ》ケ池があり、江戸市民の行楽の地としても知られ、大川の河畔には富商の寮や別邸が散在している。

『甲州屋』の寮は町の北はずれの「橋場の渡し」の近くにあった。切り妻屋根の小体《こてい》な家で、東側には大川が流れており、建物の一部が川に張り出している。

五郎蔵は西側の門から寮の玄関に入った。

「ごめんよ」

声を聞いて、廊下の奥から年配の下男が出てきた。

「あ、羅漢寺の親分さん」

「旦那、いるかい？」

「はい。少々お待ちくださいまし」

下男は奥に下がったが、すぐにもどってきて、

「どうぞ、お上がりください」

と五郎蔵を奥の部屋に案内した。その部屋では酒肴《しゅこう》の膳部《ぜんぶ》を前に、『甲州屋』のあるじ嘉兵衛と北町与力・峰山文蔵が酒を酌み交わしていた。

峰山が入ってきた五郎蔵をじろりと見て、

「おう、羅漢寺の、どうした？　こんな時分に」

「じつは――」

と膝を進めるのへ、

「まま、その前に五郎蔵さんも一杯」

嘉兵衛が酒杯に酒をついで差し出し、満面に笑みを浮かべながら、

「先日はお手数をおかけいたしました」

といって頭を下げた。先夜の博奕船の手入れで、五郎蔵の子分たちが一役買ってくれたことへの礼である。峰山の顔にも笑みが浮かんだ。

「おかげで、わしも田之倉さまに恩を売ることができた。……羅漢寺の、あらためて礼を申すぞ」

「恐れいりやす」

「で、ご用向きというのは……？」

嘉兵衛が訊いた。

「つい先ほど、寅八と卯三郎が何者かに殺されやした」

「！」

峰山と嘉兵衛の顔から笑みが消えた。二人とも「まさか」という顔をしている。五郎蔵が酒杯の酒をカッと呑み干して言葉をついだ。

「先日も、雇い入れたばかりの三人の浪人者が、浜町河岸で斬られやした。……船戸一家の仕業に相違ありやせん」

この男は感情の起伏が激しい。それが顔にも声にも表れていた。怒りで目が充血し、声もかすれている。

「つまり、船戸一家が戦《いくさ》を仕掛けてきたというわけですか」

嘉兵衛が眉宇《びう》を寄せていった。もとより嘉兵衛も五郎蔵もその二つの事件が、幻十郎の仕業であることを知るよしもなかった。というより、この時点では幻十郎という男の存在すら知らなかったのである。怒りの矛先《ほこさき》を船戸一家に向けたとしても無理はない。

五郎蔵は急に弱々しい表情を見せ、

「浪人者の二人や三人はいくらでも後釜が見つかりやすが、寅八と卯三郎の代わりになる者はおりやせん」

と嘆くような口調でいい、

「あっしにとっちゃ、両腕をもがれたようなもんで——」

最後は聞きとれぬほど低い声でそういうと、悄然《しょうぜん》と肩を落として吐息をついた。

「船戸一家には、腕の立つ浪人者がいるそうだな」

峰山が訊いた。

「へい。奥山で大道芸をしていた立花伊織って浪人者で……。残念ながら、そいつがいるかぎり、うちの手勢では歯が立ちやせん。できれば――」

言葉を切って、五郎蔵はすがるような目で二人を見た。

「お二方のお知恵とお力添えをいただければと思いやして」

「わかった」

峰山が大きくうなずいた。

「わしが表立って動くわけにはいかんが……、搦手《からめて》から攻める方策はいくらでもある。考えておこう」

「よろしくお願いいたしやす」

バッと平伏し、五郎蔵は額を畳にこすりつけんばかりに低頭した。

同じころ――。

南本所横網町の船戸一家の一室で、元締めの市兵衛と立花伊織が何やら深刻な面持ちで酒を呑んでいた。つい寸刻前、羅漢寺一家の若頭・寅八と小頭の卯三郎が何者かに殺されたという知らせが入ったばかりである。

「おそらく……」

猪口《ちょく》を口に運びながら、市兵衛が苦い顔でいった。

「羅漢寺一家は、うちの者の仕業とみているにちがいありません」

「先日の浜町河岸の一件もあるからな」

「やつらがこのまま黙っているとは思えません。そのうちきっと……」

「仕返しがくるか」

「かならずきます」

「――愚かなことだ」

伊織はやり切れぬように吐息をついた。

「そうやってお互いが疑心暗鬼になり、憎悪をつのらせ、無益な血を流す。……どこかで歯止めをかけんと、この争いは際限なくつづくだろうな」

「歯止め？　と申しますと」

「手打ちだ。話し合いで和睦《わぼく》というわけにはいかんのか？」

「それは無理でしょう。手前どもにその気があっても、五郎蔵が聞き入れませんよ。最初に喧嘩を売ってきたのは向こうなんですから」

「………」

市兵衛のいうとおり、今回の抗争の端緒となったのは、羅漢寺一家が一方的に仕掛けてきた喧嘩であり、船戸一家のほうから手を出したことは一度もなかった。浜町河岸で三人の浪人に伊織とお園を襲わせたのも羅漢寺一家なのである。

「ましてや、寅八と卯三郎殺しは、手前どもにはまったく身に覚えのない濡《ぬ》れ衣《ぎぬ》ですからねえ。それを恨んで仕返しにくるようなことがあれば……」

受けて立つしか手はありませんが、といって市兵衛は険しい目を宙にすえた。

「面倒なことになった。身内衆にはくれぐれも身辺に気をつけるよう、いいふくめておくんだな」

「はい」

とうなずいて、市兵衛が酌をしようとすると、伊織は手を振って、

「いや、わしはもういい。先に寝《やす》ませてもらう」

腰を上げて一揖《いちゆう》し、部屋を出ていった。

勝手口から裏庭に出ると、闇の奥に小さな離れ家が見えた。その離れ家が伊織に与えられた住まいである。六畳の居間に四畳半の寝間、三畳の勝手がついた小さな家だが、以前の長屋住まいにくらべると、はるかに快適な住まいだった。

つけっ放しにしておいた行灯の明かりが、居間の障子をほの白く照らし出している。

一歩部屋の中に足を踏み入れたとたん、伊織は思わず立ちすくんだ。行灯の前にお園が一人ぽつねんと座っている。

「お園さん」

伊織はけげんそうな目で、お園の前に腰を下ろした。

「どうしたのだ？」

「お話があるんです」

思いつめたような表情で、お園がぽつりといった。

「話？」

「父から縁談を勧められました」

「ほう……。相手は？」

「川越《かわごえ》の酒問屋の息子です」

心なしか声がとがっている。

「乗り気ではないのか」

「見たこともない相手だし、勝手に縁談なんか持ってこられても――」

「元締めの親心だよ」

伊織がさとすような口調でいった。一人娘のお園を商家に嫁がせ、堅気《かたぎ》の暮らしをさせてやりたいと願う市兵衛の親心は、伊織にも痛いほどわかる。縁談の相手をあえて川越の酒問屋の息子に選んだのも、お園を江戸から引き離すための算段なのだろう。

「だからといって、見も知らない男のもとへ嫁に行けなんて、いくら父親でも乱暴すぎますよ。それに……」

ふっと目を伏せて、お園は急に声の調子を変えた。

「わたし、江戸を離れたくないんです」

「生まれ育った故郷だからな。無理もあるまい」

「それだけじゃありません」

「というと、ほかに何か理由《わけ》でも？」

「伊織さまのそばから離れたくないんです」

照れも恥じらいもなく、お園はいってのけた。さすがに伊織の顔に戸惑いの色が浮かんだ。すると、お園がいきなり立ち上がり、着物の帯をするするとほどきはじめた。

伊織の戸惑いは狼狽《ろうばい》に変わった。あっという間にお園は着物を脱ぎ捨て、目にしみるような真紅の長襦袢《ながじゅばん》姿になっていた。

「お、お園さん」

「抱いてください」

「いかん。それはいかん！」

伊織が咎《とが》めるようにいうと、お園はひどく哀しげな表情をみせて、

「わたしが嫌いなんですか」

と細い声でいった。

「好き嫌いの問題ではない。わしは元締めに雇われた身分なんだ。いわばお園さんとは主従の間柄……」

そこで伊織の声がぷつんと途切れた。

お園が腰ひもを解いて、はらりと長襦袢を脱ぎ捨てたのである。上半身は裸、下は緋《ひ》色の二布《ふたの》（腰巻き）一枚である。透き通るように色が白く、きめのこまかい肌。小ぶりだが張りのある乳房。薄桃色の乳首がツンと上を向いている。胴がくびれ、華奢《きゃしゃ》な体つきのわりには腰まわりの肉《しし》おきがよい。息を呑むほど美しい裸身だ。

伊織は呪縛《じゅばく》にかかったように、茫然とお園の白い裸身に見入った。心とは裏腹に熱いものが体じゅうを駆けめぐっている。伊織も生身の男である。江戸に出てきてから何度か商売女を抱いたことはあるが、素人女《しろうと》の、それも十九歳の若い娘の無垢《むく》な裸身を目《ま》のあたりにするのは、はじめてのことだった。

お園が無言で伊織の前に膝をついた。右手を伸ばして伊織の手を取ると、ゆっくり引き寄せて右の乳房に伊織の手のひらをあてがった。ふっくらと、温かい感触が手のひらに伝わってくる。伊織の手が無意識に乳房を愛撫《あいぶ》していた。乳首がわずかに紅潮し、しだいに固さを増してゆく。

伊織は完全に自制心を失っていた。やおらお園の肩を引き寄せ、唇を重ねた。お園はくるおしげに伊織の首に手をまわし、むさぼるように伊織の口を吸った。舌と舌がねっとりからみ合い、唾液がしたたり落ちる。

口を吸いながら、伊織はそっとお園の体を畳の上に横たわらせた。そして首にからみついたお園の腕をはずし、口からあご、あごから喉《のど》もとへと唇を這《は》わせる。

「あっ」

お園が小さく叫んだ。伊織の唇が乳房へと這い下りていったのである。舌先で乳《にゅう》暈《うん》を愛撫しながら、乳首を吸う。梅の実《み》のように固くなった。

「あ、ああ……」

お園の口からかすかなあえぎ声が洩《も》れている。目はなかば閉じられている。

伊織の右手が下へ下へと伸びてゆく。二布のひもが解かれ、はらりと左右に開かれた。下半身があらわになる。むっちりと盛り上がったその部分には、申しわけ程度の薄い秘毛が茂っている。その秘毛の奥に薄桃色の割れ目が見えた。露をふくんでぬめぬめと光っている。伊織の指が切れ込みに触れた。お園の下肢がぴくんと痙攣し、濡れた肉ひだが伊織の指を拒《こば》むように固く引き締まった。一瞬、伊織の顔にためらいがよぎった。

「――はじめてか？」

訊くまでもなく、お園が未通《きむすめ》であることはわかっていたが、お園の反応を見るためにあえて訊いたのである。お園は目を閉じたままこくりとうなずき、

「でも……」

と聞きとれぬほど小さな声で応えた。

「いいんです」

「無理をするな」

「無理じゃありません」

きっぱりいって、お園はいきなり伊織の腰に手をまわし、着物の裾《すそ》をたくし上げると、放胆にも下帯を引き剝がして、伊織の一物をにぎりしめた。それはすでに隆々と屹立《きつりつ》していた。ふいを突かれて、伊織の動きが一瞬止まった。お園の指の中で怒張した一物が熱く脈打っている。

「――伊織さまが欲しいんです」

一物をにぎりしめたまま、ささやくようにお園がいった。伊織は無言でお園の手をやさしく払いのけた。そして、お園の両膝を立たせ、軽く左右に開いた。

お園の秘所があらわになった。切れ込みの肉ひだがわずかに慄《ふる》えている。その部分に一物の尖端をあてがい、筋目に沿ってかすかに、かすかに上下させた。その動きにつれて、秘所の肉ひだのあいだから、じわっと露がにじみ出てくる。

「ああっ」

お園の全身が大きくそり返った。伊織の一物がわずかに埋没したのである。

「痛くないか」

ささやくように、伊織がいった。

「もっと……、もっと深く……」

のけぞりながら、お園がうわ言のように口走る。伊織はお園の両膝に手をかけて、ゆっくり腰を入れた。一物の尖端が少しずつ、少しずつ埋没してゆく。根元まで埋まったところで、いっさいの動きを止めた。熱い物が一物をつつみ込んでいる。肉ひだが激しく波打ちながら、時には絞り込むように、そして時にはやさしく解き放つように、収縮と弛緩《しかん》を繰り返している。

「うっ」

ふいに一物の根元に強い緊迫を感じた。お園が腰を振りはじめたのである。さっきよりさらに強烈な収縮と弛緩が一物に伝わってくる。お園の腰の動きに合わせて、伊織も腰を律動させた。下腹から峻烈《しゅんれつ》な快感が突き上げてくる。

「あ、いい……、いい!」

お園が髪を振り乱して狂悶する。もはや伊織はおのれを律するすべを失っていた。一匹の雄と化して、荒々しくお園をつらぬいている。お園の全身が激しく痙攣した。

「だ、だめです」

口走りながら、白目をむいて昇りつめてゆく。伊織も極点に達していた。

「わ、わしも……、果てる!」

引き抜くと同時に、白い泡沫がお園の腹に飛び散った。弓なりにそり返ったお園の体がゆっくり弛緩し、よじれるように横転した。かたわらに寄り添って、伊織はそっとお園の乱れた髪をかきあげた。

「伊織さま」

お園の顔にふっと微笑がわいた。

3

竹内平四郎は、鉄砲洲の船松町から渡し舟に乗って、佃島に向かっていた。

空が青々と晴れ渡っている。

この時季にしてはめずらしく、風もなく温暖な日和である。

佃島の船着場で舟を下りて、いつものように砂州《さす》を埋め立てた道を通り、石川島の寄場の柵門をくぐると、竹内は広場を横切って作業小屋に足を向けた。

東西に細長く建てられた作業小屋の中では、数百人の人足たちがそれぞれの持ち場で、あいかわらず蟻《あり》のように黙々と立ち働いている。

作業小屋の東はずれの紙漉《かみす》き場から、籠《かご》作り場、草履作り場、煙草切り場へと順番に見て廻り、鍛冶《かじ》場の前にさしかかったところで、ふと竹内は足を止めた。

ふだん、この鍛冶場では鍬《くわ》や鋤《すき》、鎌《かま》などの農具、鋏《はさみ》、包丁、鍋《なべ》、釜といった日用品が作られているのだが、この日は明らかにそれらとは異なる物が作られていた。

竹内は不審そうに小屋の中に足を踏み入れ、立ち働いている人足の一人に声をかけた。

「何を作っているのだ？」

「へえ」

と振り向いたのは、鍛冶屋の政太郎である。

「竜吐水《りゅうどすい》の部品だそうで」

「ほう」

竜吐水とは、町火消しが消火のさいに用いる放水ポンプのことである。あらためて作業場の中を見廻すと、十数人の人足たちが何やら細々とした鉄製の部品を作っている。それらの部品が竜吐水のどこに使われるのか、竹内には皆目見当もつかなかった。

「誰の指図を受けたのだ？」

「寄場のお奉行さまからです」

「あの細長い筒のような物は、何に使うのだ？」

小屋のすみに鉄製の細長い筒が山積みにされている。

「さあ」

と首をかしげながら、政太郎は監視の目を気にするようにあたりを見廻し、

「図面どおりに作れと申しつかっただけですので、手前にもよくわかりません」

小声で応えた。それを見て、世話役の初老の男が歩み寄ってきた。

「竹内さま、ご不審の点がございましたら、手前にお訊《たず》ねくださいまし」

慇懃《いんぎん》な物言いだが、男の目には明らかに警戒の色が浮かんでいる。

「べつに不審な点はないが、見慣れぬ物を作っているので、何かと思ってな」

「江戸は火事が多うございましてねえ」

世話役の男は老獪《ろうかい》な笑みを浮かべた。

「竜吐水の注文が殺到しているんですよ」

「そうか。……仕事中、邪魔したな」

といって、竹内は小屋を出ていった。

その様子を広場の中央の炭団《たどん》干し場の柱の陰から、するどい目で見ていた男がいた。見張番の侍である。竹内が作業小屋の見廻りを終えて、柵門のほうに向かうのを見届けると見張番は身をひるがえして役所に走った。

役所の玄関を入り、大廊下を左に曲がったところで見張番は足を止めて、廊下に跪《き》座《ざ》した。奉行の執務部屋の前である。すっと障子を引き開けて、

「お奉行」

と声をかけると、書類に目を通していた曲淵勘解由がおもむろに顔を上げた。

「どうした？」

「南町の竹内平四郎どのが、鍛冶場で何やら詮索《せんさく》がましいことを……」

「詮索？」

曲淵の目がぎらりと光った。

「世話役の人足にあれこれと訊ねておりましたが」

「例の部品のことか」

「御意に存じます」

「で、竹内は帰ったのか」

「はい。柵門に向かっております」

「まさか、部品を持ち帰ったりはしなかっただろうな」

「それはございません」

「わかった。下がってよい」

「はっ」

低頭して、見張番はぴしゃりと襖を閉めた。

「南町の竹内平四郎、か――」

虚空に険しい目をすえながら、曲淵は口の中で低くつぶやいた。

(そうか……!)

囲炉裏に榾木《ほたぎ》をくべていた幻十郎の脳裏に、何の脈絡もなく、突然天の啓示のようにひらめくものがあった。

熊谷宿で松代藩の鉄砲鍛冶・片岡京助一行を襲った賊のことである。

殺された二人の藩士は松代藩の御先手組《おさきてぐみ》(万一戦が起きた場合、先鋒《せんぽう》をつとめる精鋭の武官)だった。その二人が手もなく斬り殺されたことを考えると賊は複数、それもかなり腕の立つ侍にちがいない――と、そこまでは、幻十郎も読んでいたし、賊のねらいが京助の〝気炮〟であることもほぼ察しがついていた。

問題は、京助が〝気炮〟の製造に成功し、それを持って江戸に出府することを、賊はいつ、どこで、どんな手づるで知ったかである。

市田孫兵衛から仕事の依頼があったとき、まず真っ先に気づくべきその謎を、幻十郎はいままで見逃していたのだ。うかつだった。

――内通者がいる。

それがたったいま、天啓のごとく幻十郎の脳裏に降ってきた答えだった。

(なぜ、いままでそのことに気づかなかったのか)

痛恨と慚愧《ざんき》の念がこみ上げてきた。もっと早く気づいていれば、片岡京助は殺されずに済んだかもしれぬ。すくっと立ち上がって、縁側の障子を引き開けた。

「歌次」

庭のすみで枯れ葉を焚《た》いていた歌次郎が、ひらりと身をひるがえして飛んできた。

「何か？」

「すまねえが、しばらく松代藩の上屋敷を張り込んでもらえねえか」

「目的《めあて》は？」

「藩邸内に、京助一行を襲った賊一味と通じている者がいるはずだ」

「なるほど」

歌次郎がうなずいた。のっぺりと間延びした顔をしているが、見かけによらずこの男は頭の回転が早い。幻十郎の次の言葉を待たずに、

「承知」

パッと背を返して、歌次郎は小走りに立ち去った。

西の空に沈みかけた陽が、焚き火の白い煙を茜《あかね》色に染めている。

幻十郎は障子を閉めて、ふたたび囲炉裏端にもどると、自在鉤《かぎ》にかけられた鉄瓶の湯を急須にそそいで茶をいれながら、思案顔でじっと宙を見すえた。

謎はもう一つあった。

『甲州屋』の博奕船で捕縛された鍛冶屋の政太郎と鋳掛け屋の重吉のことである。その二人が北町の支配与力・峰山文蔵が仕掛けた罠にはめられたことは、羅漢寺一家の

小頭・卯三郎の告白でも明らかだった。解せないのは、その目的である。

峰山はなぜ政太郎と重吉に目をつけたのか？

博奕という微罪、しかも初犯。その二人をなぜ寄場送りにしたのか？

寄場の中には、世人には推《お》し測れぬ秘密でもあるのだろうか？

つぎつぎに疑問がわいてくる。

南町の定町廻り同心をつとめていたころ、幻十郎は何人もの科人《とがにん》や無宿者を寄場に送り込んだが、みずから寄場内に足を踏み入れたことは一度もなかった。それゆえ寄場の中がどんな様子になっているのか、送られてきた科人や無宿者たちが、そこでどんな労役を課せられ、どんな暮らしをしているか見当もつかなかった。

（あの男に探りを入れてみるか）

ふとそう思った。かつての同僚・竹内平四郎である。思い立つと同時に囲炉裏の火を消して立ち上がり、奥の部屋で身支度をととのえて外に出た。

四半刻後、幻十郎は両国米沢町の雑踏の中にいた。

すっかり陽が落ちて、盛り場の路地には寒々とした夕闇がただよいはじめていた。にもかかわらず、あいかわらずの混雑である。まるで灯りに集まる虫のように、どこからともなく人影がわき出て、どこへともなく消えてゆく。その絶え間ない雑踏を縫うようにして歩きながら、幻十郎は居酒屋『彦六』の縄のれんをくぐった。

先日より店内はいくぶん空いていた。戸口に立って店内を見渡したが、竹内平四郎の姿はなかった。時刻がやや早いせいだろうと思い、奥に空いた席を見つけて腰を下ろし、燗酒《かんざけ》二本を注文して竹内が現れるのを待つことにした。

4

徳利一本を呑み干したとき、果たせるかな、竹内平四郎がふらりと入ってきた。素知らぬ顔で猪口をかたむけていると、竹内のほうが目ざとく幻十郎の姿を見つけて、つかつかと歩み寄ってきた。満面に笑みをたたえている。

「また、お会いしましたな」

「竹内さん……！」

幻十郎はわざと意外そうな表情を作ってみせた。

「お邪魔でなければ、相席を――」

「どうぞ、どうぞ」

「では、遠慮なく」

一礼して腰を下ろした。注文した燗酒が運ばれてくると、竹内は手酌でやりながら、

先日はご無礼いたしましたと丁重に頭を下げた。

「竹内さんは、寄場見廻りをなさっているとおっしゃいましたね」

幻十郎がさり気なく訊いた。

「ええ」

「手前の知り合いに、いや、知り合いといっても、近所に住んでる顔見知りの鍛冶屋なんですが……、先日、博奕の科で寄場に送られましてね」

「ほう」

「女房がひどく心配しているんです。寄場でつらい思いをしてるんじゃないかと」

これはあながち方便ではなかった。政太郎が寄場送りになったあと、女房のおはつは食事も喉を通らぬほど憔悴《しょうすい》していると、志乃から聞いていたのである。

「で、その鍛冶屋の名は……?」

「政太郎です」

「ああ、その男なら存じてます。一緒に送られてきた重吉という鋳掛け屋とともに鍛冶場で元気に働いてますよ」

「鍛冶場で?」

「政太郎も重吉も手職を持ってますから、決してつらい仕事ではないでしょう。事実、本人たちもさほど苦にはしていないようです」

「二人の待遇はどうなんですか?」

「わたしが知るかぎり、ほかの人足と同じあつかいを受けています。とくに変わった様子もなく、二人とも与えられた仕事を毎日黙々とこなしてますよ」

「――そうですか」

幻十郎は釈然とせぬ顔でうなずいたが、すぐに思い直して、

「いや、それを聞いて手前も安心しました。さっそく政太郎の女房にそのむね伝えておきましょう」

といって作り笑いを浮かべたが、頭の中は糸がもつれたように混乱していた。あれほど手の込んだ罠を仕掛けておきながら、峰山文蔵は政太郎と重吉をいったいどうするつもりなのか、そのねらいがますますわからなくなってきたのである。

半刻ほど雑談をしたあと、竹内平四郎は『彦六』の前で幻十郎と別れて家路についた。

いつになく酒の廻りが早く、足元がふらついている。

(だいぶ疲れてるな)

歩きながら、竹内はそう思った。

このところ竹内は寄場に出向くたびに、見張番の目を気にしながら、ひそかにあることを調べていた。鍛冶場で作られている竜吐水の部品である。調べるといっても、

それらの部品の形状や寸法を、可能なかぎり正確に記憶してくるだけのことなのだが、部品の一つ一つに目くばりをするだけでも、

(周囲に悟《さと》られはしまいか)

とかなりの緊張をしいられた。それが三日もつづいたのである。さすがに疲労の色は隠せなかった。

——江戸は火事が多いので、竜吐水の注文が殺到している。

鍛冶場の世話役人足はそういった。

江戸には町火消し四十八組のほかに、定火消《じょうびけ》しや大名火消しなどの消防組織がいくつもある。だが、そのすべてに竜吐水が行き渡っているわけではなかった。現状はむしろ圧倒的に不足しているといっていい。寄場で竜吐水を製造し、市場価格より安く出荷すれば、たしかに飛ぶように売れるだろう。

寄場内で作られる製品のほとんどは、江戸市中で売りさばかれ、その収益は寄場の運営費にあてられていた。わけても寄場の炭団《たどん》は、紀州熊野《くまの》の硬い炭で作られているために火力が強く、火持ちもいいので売れ行きがよかった。また勘定所の古帳面で漉き直された紙は価格も安く、「島紙《しまがみ》」と称されて需要が多かった。

ちなみに石川島に人足寄場が設置された当初、幕府は運営費として年間米五百俵、金五百両を支出していたが、年々その費用がかさみ、幕末には米七百俵、金二千四十

九両に達したという。

そうした巨額の運営費をまかなうためには、単価の高い製品を作ったほうが効率がいいのは理の当然である。その意味で寄場奉行の曲淵勘解由が、竜吐水の製造に着目したことは評価に値するのだが、それにしては、

（何かがおかしい）

のである。作業小屋の鍛冶場で、はじめてその部品を見たとき、竹内平四郎は一抹の疑念をいだいた。竜吐水の部品にしては、すべてが小さすぎるのだ。

――そんな小さな部品が、竜吐水のいったいどこに使われるのか？

きわめて素朴な疑問だった。その疑問を解くために昨日の夕刻、竹内は顔見知りの町火消しの頭の家に立ち寄って、竜吐水の実物を見せてもらった。

そもそも竜吐水とは、天明《てんめい》のころ、オランダから輸入されたブランドスポイトという揚水用ポンプを、消火作業に転用したことからつけられた名称なのである。

本体は、箱樋《はこひ》と呼ばれる方四尺（約一・二メートル四方）ほどの木箱で、その上に長さ六尺余（約一・八メートル）の梃子《てこ》がついており、先端は撞木《しゅもく》形の把手《とって》になっている。消火のさいは溜池や川、堀割など取水できる場所にこれを据えつけ、四人がかりで梃子を上下させて放水するのである。

竜吐水の構造を仔細に調べた結果、箱樋の補強のための金具や梃子の受け軸、放水

口、ポンプの弁などに鉄製の部品が使われているが、どれもこれも頑丈一点張りのものので、寄場で作られているような細かい部品はどこにも使われていなかった。

とすると、あれはいったい何の部品なのか？

世話役の人足は臆面《おくめん》もなく「竜吐水の部品です」と強弁したが、ひょっとすると寄場ぐるみで何かを隠そうとしているのかもしれない。

気がつくと、竹内平四郎は八丁堀の楓川の河畔の道を歩いていた。寒風に吹きさらされてきたせいか、すっかり酔いが醒めていた。

闇の奥に点々とゆらめく火影《ほかげ》が見えた。与力同心の組屋敷の明かりである。

海賊橋《かいぞく》を渡り、松平和泉守《いずみのかみ》の上屋敷の前を通って東に二丁ばかり行くと、右に折れる路地がある。その路地の奥に竹内の組屋敷はあった。

木戸門をくぐって玄関に入ると、奥から妻の静江が出てきた。決して美人とはいえないが、色白の楚々とした感じの女である。つつましやかな笑みを浮かべて、「お帰りなさいまし」と竹内を出迎えた。

「小太郎は寝たのか」

式台に上がりながら、竹内が訊いた。

「はい。たったいま床についたばかりでございます。夕食はいかがなさいます？」

「茶漬けを一杯もらおうか」

「すぐお持ちいたします」

といって静江は勝手に去った。竹内は居間に入り、羽織を脱いで腰を下ろした。ほどなく静江が盆を持って入ってきた。飯を盛った椀、急須、佃煮と香の物の小鉢がのっている。竹内は無言のまま、飯椀に急須の茶をそそいで、一気に腹に流し込んだ。

「お顔の色がすぐれませんが」

静江が心配そうにのぞき込むと、「ん？」と箸《はし》をとめて竹内が顔をあげた。

「お疲れのようですね」

「うむ。ちょっとな」

「お風呂がわいてますけど……」

「その前に片付けなければならぬことがある。おまえが先に入りなさい」

いいおいて隣室に入り、文机の前に腰を下ろすと、竹内は料紙に筆を走らせはじめた。

鍛冶場で見てきた部品の図面である。

記憶をたどりながら部品の一つ一つを丹念に書き、さらに目分量で計ってきた寸法を書き込む。この数日間、そうやって書き上げた図面がすでに十数枚溜まっていた。それらの図面を畳の上に並べて、竹内は食い入るように見つめた。

（いったい何の部品なんだ？）

何度見直しても、さっぱり見当がつかなかった。念のために書棚から『機巧図彙《きこうずい》』

（寛政九年刊行）を引っぱり出して照らし合わせてみたが、そこにも該当するような部品の図は見当たらなかった。

「うーむ」

竹内は腕組みをして沈思した。考えれば考えるほど謎が深まってゆく。


同じ時刻――。

京橋木挽町《こびきちょう》の料亭『椿亭《つばきてい》』の二階座敷で、三人の男が酒杯をかたむけながら、談笑していた。北町奉行所の支配与力・峰山文蔵と『甲州屋』のあるじ・嘉兵衛、そして四十なかばと見える大柄な武士――松代藩江戸留守居役の酒井《さかい》内匠正《たくみのしょう》である。

「酒井さまのおかげで、例の件、着々と進んでおります」

峰山が薄い笑みをにじませていった。

「それは祝着《しゅうちゃく》」

相好をくずしながら、酒井は上目づかいに峰山を見た。

「で、完成はいつごろになりますかな」

「部品がそろいしだい二、三挺組み立てて、試し撃ちをしてみようと思っております。

その節はぜひ酒井さまにもお立ち会いを願いたいと――」

「よろこんで参上つかまつる」

酒井内匠正は、代々真田家に仕えてきた名門の出で、藩内保守派の急先鋒として、他家から養子に入った現藩主・真田幸貫の開明的・進取的諸政策にことごとく反発してきた人物である。その酒井が片岡京助の〝気炮〟に目をつけたのには、二つの理由があった。

一つには〝気炮〟の製作を積極的に推進してきた藩主・幸貫と、その腹心ともいうべき江戸家老・不破儀右衛門に一泡吹かせることである。

そして、もう一つは利欲のためであった。

〝気炮〟の情報が金になると踏んだ酒井は、日ごろ親交のあった峰山文蔵に相談を持ちかけ、峰山の紹介で幕府御鉄砲方・田之倉外記に売り渡すことにしたのである。

そのとき酒井が提示した情報料は、五百両という途方もない額だった。もっとも全額を一括で払えというのではなく、まず手付け金として百両を支払わせ、残りは〝気炮〟の完成後に受け取るという条件である。峰山と嘉兵衛が酒井をこの料理茶屋に招いたのは、その手付け金を支払うためだったのだ。

「お約束の手付け金を――」

嘉兵衛がおもむろに袱紗包みを差し出した。中身は切餅《きりもち》四個（百両）である。酒井

は無造作にそれを受け取って、ふところにねじ込み、

「では、手前はこれで失礼つかまつる」

二人に軽く会釈して立ち上がった。

「裏口に駕籠を待たせてありますので」

「うむ」

と鷹揚《おうよう》にうなずいて、酒井は座敷を出ていった。階段を下りて行く足音に耳をかたむけながら、嘉兵衛がつと峰山の前に膝を進め、

「それにしても、五百両とはずいぶんと吹っかけてきたものですな」

苦々しくいった。その五百両は当面嘉兵衛が立て替えなければならないのである。

嫌味の一つもいいたくなるのも無理はなかった。

「なに、これ以上、おぬしに負担はかけさせぬ」

そういって、峰山は何やら意をふくんだ笑みを浮かべたが、その笑いの意味が、嘉兵衛には理解できなかった。

「あの男の役割は終わったのだ」

「では……！」

嘉兵衛が瞠目すると、峰山はさらに謎めいた笑みを浮かべ、

「すでに手はずはととのっている」

といって、また喉の奥でくっくくと笑った。

三十間堀《さんじっけんぼり》の堀割通りを、一挺の町駕籠がひたひたと走って行く。

酒井内匠正を乗せた駕籠である。

三十間堀は、その名の通り川幅三十間（約五十五メートル）の大きな入堀《いりぼり》（運河）で、堀の東岸にはおよそ十丁（約一キロ）に渡って町屋がつらなっている。その町屋が木挽町である。北から南へ一丁目から七丁目まであり、五丁目は歌舞伎の森田座や操《あやつ》り芝居、講釈、浄瑠璃《じょうるり》などの小屋が立ち並ぶ芝居町として知られていた。

むろん、この時刻にはどの芝居小屋も木戸を閉じて、ひっそり静まり返っている。

――エイホ、エイホ、エイホ……。

酒井を乗せた町駕籠は木挽町を右に見ながら、ひたすら南をさして走って行く。

その五、六間後方、足音を消して猫のように忍びやかに跟《つ》けてゆく人影があった。

手拭いで頬かぶりをし、背中に小さな荷を背負った男――行商人に扮した歌次郎である。

幻十郎の意をうけて、麻布谷町の松代藩上屋敷の周辺に張り込んでから五日がたっていた。かねて目をつけていた酒井内匠正がこの日の夕刻、こっそりと藩邸を出たのを見届けて、木挽町の料亭『椿亭』まで跟けてきたのである。

酒井が『椿亭』の二階座敷で北町の支配与力・峰山文蔵、そして『甲州屋』のあるじ・嘉兵衛と密会していた事実も突き止めた。その時点で尾行の目的は達したのだが、酒井がこのまま帰邸するのか、それとも途中でまたどこかに立ち寄るつもりなのか、それを見届けるために歌次郎はさらに尾行をつづけたのである。

闇の奥に木橋が見えた。汐留《しおどめ》橋である。幅四間（約七メートル）、長さ六間（約十一メートル）。現在、汐留橋の跡には「蓬莱《ほうらい》橋」と標記された歩道橋が架けられている。この橋を渡ってすぐ右に曲がり、内濠ぞいの道を溜池方面に向かうと、やがて麻布谷町の上屋敷に着く。

（屋敷に帰るのか）

そう思って、歌次郎がふと足をゆるめたとき、異変が起きた。

突然、汐留橋の南詰の暗がりから、二つの黒影が飛び出してきて、駕籠の行く手に立ちふさがったのである。歌次郎は思わず足を止めて堀端の立木の陰に身を隠した。

星明かりの中に浮かび立ったのは、黒覆面の二人の武士だった。

「ひぇっ！」

度肝を抜かれて、二人の駕籠かきが一目散に逃げ去った。

「何事だ！」

置き去りにされた駕籠の中から、酒井の野太い声がひびいた。覆面の二人の武士が無言で駕籠に歩み寄り、やおら駕籠の垂れをはね上げた。

「く、曲者！」

叫びながら駕籠から転げ出た瞬間、二人の武士が抜く手も見せず刀を鞘走った。

ずばっ。

袈裟がけの一刀が酒井の背中に振り下ろされた。背すじに赤い裂け目が走った。さらにもう一人が逆袈裟に薙ぎ上げる。酒井の首がざっくり切り裂かれた。喉骨が見えるほど深い傷である。裂かれた喉から声にならぬ悲鳴が上がった。

すさまじい勢いで血飛沫《ちしぶき》が噴き飛ぶ。酒井の全身がたちまち血で染まった。血まみれの両手を突き上げ、虚空をかきむしりながら、酒井は地べたに突っ伏した。

黒覆面の一人がすばやく酒井の懐中から百両の袱紗包みを抜き取ると、無言でもう一人をうながし、風のように走り去った。堀端の立木の陰で、その一部始終を見ていた歌次郎は、二人の武士の姿が闇の奥に消え去るのを見届けると、脱兎《だっと》の勢いで走り出した。

5

「だ、旦那ァー！」

血相変えて飛び込んできた歌次郎に、囲炉裏端で酒を呑んでいた幻十郎と市田孫兵衛が思わず振り返った。『風月庵』の板間である。歌次郎は草履を脱ぐのももどかしげに板間に這い上がり、肩で大きく息をつきながら、ちらりと孫兵衛に目礼して、

「し、汐留橋の近くで……、松代藩の留守居役が……、斬られやした」

途切れとぎれにいった。

「留守居役？」

幻十郎が訊き返すと、横合いから孫兵衛が険しい顔で、

「酒井内匠正のことか？」

「へい」

と応えて、歌次郎は二、三度肩を大きく上下させて呼吸《いき》をととのえ、京橋木挽町の料亭『椿亭』で酒井と峰山文蔵、『甲州屋』嘉兵衛の三人が密会していたことや、その帰途、酒井を乗せた駕籠が、汐留橋の近くで黒覆面の二人の武士に襲われたことなどを、あますところなく報告した。

「黒覆面の侍？」

孫兵衛が眉間に縦じわをきざんでつぶやく。

「二人ともかなりの遣い手でした」

その二人の武士が、幕府鉄砲方・田之倉外記の配下、青柳徳之助と井原源吾だった

ことを、むろん歌次郎は知るよしもなかった。

「峰山文蔵の配下の同心の仕業かもしれんな」

「いや」

言下に、幻十郎は首を振った。

「北町の同心にそれほど腕の立つ者はいませんよ。それに峰山はたかだか町方の与力ですからね。十万石の大名を敵に廻すような大それた真似はしますまい」

「すると……？」

「峰山の背後には、もっと大物が控えているはずです」

推測ではなく、断定だった。

「大物と申すと……、公儀の要路か？」

「おそらく」

呑み干した茶碗に酒を注ぎながら、今度は幻十郎が反問した。

「孫兵衛どのは、酒井内匠正という男をご存じなんで？」

「ああ、松代藩の藩邸で二、三度顔を合わせたことがある。真田家に養子に入った幸貫さまをこころよく思っていない人物の一人じゃ」

「そんな男をなぜ江戸留守居役などという重職に？」

「酒井は真田家譜代の家臣で、父親の代から留守居役をつとめてきた、藩内きっての名門だそうじゃ」

幸貫は、保守派との軋轢《あつれき》を避けるために、その酒井をあえて現職にとどめる一方、反主流派の不破儀右衛門を江戸家老に起用し、藩邸内の力の均衡を図ろうとしたのである。

「――つまり」

幻十郎が訊き返す。

「酒井は不破儀右衛門どのの政敵だったということですか？」

「そういうことじゃ。いずれにしても」

といいさして、孫兵衛は茶碗に残った酒を一気に呑み干し、一升徳利の酒を注いだ。これで五杯目である。孫兵衛にしてはめずらしいことだった。囲炉裏の榾明《ほたあ》かりを映して、赤い顔がてらてらと光っている。茶碗酒を口に運びながら、ふたたび語をついだ。

「〝気炮〟の情報を賊一味に売ったのは、酒井内匠正に相違あるまい」

「しかし、その情報を酒井はどこで……」

手に入れたのかと訊くと、孫兵衛は即座に、

「たやすいことだ」

と応えた。

「国元から届く書簡や文書に真っ先に目を通すのが、酒井の仕事だったからな」

不破儀右衛門の話によれば、片岡京助一行が国元を発つ数日前に、出立の日時や、旅の日程などが仔細に記された手紙が届いたという。酒井はその手紙を見て一行の動向を知ったにちがいない、と孫兵衛は確信ありげにいい、

「〝気炮〟を手に入れてしまえば、賊一味にとって酒井はもう用済みじゃ。口封じのために殺されたのであろう」

最後にそう付け加えた。

「先手を打たれたか……」

苦々しくつぶやきながら、幻十郎はためらうように目を伏せた。峰山文蔵が鍛冶屋の政太郎と鋳掛け屋の重吉を罠にはめて寄場送りにしたことを、孫兵衛に話すべきかどうか迷っていたのである。それを見透かしたかのように、

「何かいいたいことがあるのか？」

孫兵衛がするどい目を向けてきた。幻十郎は思わず、

「いえ、べつに――」

とかぶりを振り、

「わざわざお越しいただいたのに何の手みやげも用意できず……、面目ございません」

いつになく謙虚に頭を下げた。

「ま、致し方あるまい」

人一倍気短な孫兵衛が、これもいつになく、おっとりした口調でいった。

「こたびの事件は、思ったより根が深い。しかもその根の先に公儀の大物がつながっているとなると、一筋縄ではいくまい」

「…………」

「正直なところ、わしは腹の中をかきむしりたくなるほど苛立っておる」

本音が出たな、と幻十郎は思った。

「だが、その思いはおぬしとて同じであろう」

「…………」

「『急《せ》いては事をし損じる』という俚諺《りげん》もあるからのう。今回は気長に待つとするさ」

にやりと笑って、孫兵衛は茶碗酒を手に取った。

第五章　弔《とむら》い合戦

1

蕭々《しょうしょう》と雨が降っている。

身も心も凍てつくような冷たい雨である。

昼八ツ（午後二時）ごろ、竹内平四郎は番傘をさして奉行所を出た。

行き先は石川島の人足寄場である。

道がぬかるみ、あちこちに水たまりができていた。それを避けて歩きながら、竹内はうらめしげに空を見上げた。鉛色の分厚い雲が垂れ込めている。

雨は一向にやむ気配がなかった。

（やれ、やれ……）

竹内の口からため息が洩《も》れた。こんな雨の日に見廻りに出かけるのは気が重い。つい億劫《おっくう》になって、いつもより半刻（一時間）ほど遅い出発になった。

京橋川の南岸の道を通って、真っ直ぐに歩をすすめると、やがて前方に鉄砲洲稲荷《てっぽうずいなり》の木立が見えた。稲荷社の前の道を右に曲がってしばらく行くと、船松町の渡し場に出る。

奉行所を出たときより、雨足はいくぶん弱まったが、あいかわらず上空には分厚い雲が垂れ込め、あたりは夕暮れのように薄暗かった。

やや風が立ちはじめた。灰色の海に白い波頭が立っている。

晴れた日には、釣り人や網打ちの漁師たちの姿をよく見かけるのだが、さすがにこの日は人っ子ひとり見当たらなかった。渡し場の周辺にも人影はなく、桟橋に係留された無人の渡し船が、打ち寄せる波に船体をきしませながら大きくゆれている。

竹内は船小屋に歩み寄って中をのぞき込んでみた。煖をとるための石積みの炉に、わずかに残り火がゆらいでいるが、船頭や客の姿はなかった。雨のために早々と仕事を切り上げたのかもしれない。そう思って踵《きびす》を返そうとしたとき、ふと竹内の目が動いた。

灰色の海の波間に、ぽつんと浮かぶ船影が見えたのだ。

「……？」

けげんそうに見ていると、船は木の葉のようにゆれながら、桟橋に接近してきた。

船の艫《とも》には「寄場御用」の幟《のぼり》がはためいている。こんな雨の日に、寄場の御用船が島を出ることはめったにない。

（妙だな）

竹内は船小屋の陰に身をひそめて様子をうかがった。

桟橋に着いた御用船から船頭が飛び下り、すかさずもやい綱を桟橋の杭《くい》に巻きつけた。

船上には菅笠《すげがさ》をかぶり、蓑合羽《みのがっぱ》をまとった二人の侍が立っている。身なりから見て寄場元締めらしい。舟子たちが船に積まれた木箱を桟橋に下ろしはじめた。二尺（約六十センチ）四方のかなり重そうな木箱である。

桟橋に積み上げられた木箱は、ざっと数えて十五、六個あった。荷下ろしが終わると、船頭や舟子たちはもやい綱を解いて御用船に乗り込み、ふたたび灰色の海に船を漕ぎ出していった。それからほどなくして、
ガラ、ガラ、ガラ……。

突然、轍《わだち》の音がひびいた。竹内は思わず首《こうべ》をめぐらして音のほうに目をやった。

菅笠に桐油《とうゆ》の半合羽をまとった二人の武士が荷車を曳《ひ》いてやってくる。

息を殺して見ていると、二人の武士は桟橋の前で荷車を止めて、寄場元締めの二人の侍と短く言葉を交わし、桟橋に積み上げられた木箱を荷車に積み込みはじめた。

竹内は、意を決するように船小屋の陰から歩を踏み出し、桟橋に足を向けた。

「竹内どの！」

寄場元締めの一人が竹内の姿を見て、驚いたように声を上げた。竹内は番傘をさしたままゆっくりと歩み寄り、その男に声をかけた。

「その箱の中身は……？」

「こ、これは……、炭団《たどん》でござる」

元締めは戸惑うように答えたが、明らかにそれは嘘だった。こんな雨の日に炭団を運んだら湿気を吸って使い物になるまい。子供でもわかる理屈だ。

「役目につき、中を検《あらた》めさせてもらう」

荷車に近づこうとすると、ふいに蓑合羽の武士の一人が、

「詮索《せんさく》無用！」

いい放つなり、半合羽をひるがえして抜刀し、いきなり竹内に斬りかかってきた。

ばさっ。

番傘が真っ二つに割れて、その下から血まみれの竹内の顔が現れた。真っ向唐竹《からたけ》割りの一刀が、番傘の上から竹内の顔面を切り裂いたのである。

のけぞる竹内の脾腹《ひばら》に、もう一人が横薙《よこな》ぎの一刀を叩きつけた。まるで据え物斬りの勢いである。音を立てて血が噴き出し、腹の裂け目から白いはらわたが飛び出した。

ばしゃっ、と泥水をはね上げて、竹内の体が朽木《くちき》のように倒れ伏した。ぬかるみがたちまち血に染まってゆく。竹内の体が激しく痙攣《けいれん》した。

「人目につくとまずい。急ごう」

半合羽の武士が刀を納めて、三人をうながした。

桟橋に積み上げられた木箱をすばやく荷車に積み込むと、四人は荷車を引いて足早に去っていった。竹内はぬかるみに突っ伏したまま、ぴくりとも動かなかった。顔のまわりからぶくぶくと噴き出していた血泡もいつの間にか消えていた。

それからおよそ一刻（二時間）後――。

木箱を積んだ荷車は四人の侍に曳かれて、小石川富坂町の田之倉の屋敷の裏門からひっそりと邸内に入って行った。

裏庭の奥の土蔵の前で荷車を止めると、屋敷の中から家士たちが駆けつけてきて、荷台に積まれた木箱を手渡しで土蔵の中に運び込んだ。それを横目に見ながら、半合羽の二人の武士がおもむろに菅笠をはずした。鉄砲方与力の青柳徳之助と井原源吾である。

「お手数をおかけ申した。酒席がととのっているので、どうぞ、お上がりくだされ」

二人の寄場元締めを屋敷の奥書院に案内した。そこにはすでに酒肴《しゅこう》の膳部が用意され、待ち受けていた田之倉外記が入ってきた二人に笑顔を向けた。

「雨の中、大儀でござった」

「ささ、まずは一献」

青柳と井原がすかさず二人に酌をする。少時、雨の献酬《けんしゅう》がつづいたあと、

「で、今回はどれほどの量を……？」

田之倉がすくい上げるような目で二人を見た。

「三十挺《ちょう》分でございます」

元締めの一人が答えた。

「それは重畳《ちょうじょう》」

田之倉の顔がほころんだ。

土蔵に運び込まれた木箱の中身が、寄場で作られた〝気炮《きほう》〟の部品であることはいうまでもない。三十挺分といえば部品の数だけでも数百にのぼる。しかし、そのすべてが実際に使えるとはかぎらない。中には寸法の狂った物もあるだろうし、材質そのものに欠陥がある物もあるだろう。田之倉は使える部品の比率――すなわち現代でいう〝歩留《ぶど》まり〟を五割ぐらいと読んでいた。それでも十五挺は作れるのである。一挺百両で売りさばけば、差し当たって千五百両の金が田之倉のふところに転がり込んでくる勘定になるのだ。

腹の底で十露盤《そろばん》をはじきながら、田之倉はにんまりほくそ笑んだ。

終日降りつづいた雨は、翌日になってもやまなかった。

上空にはあいかわらず鉛色の分厚い雲が垂れこめ、白い雨が糸を引くように絶え間なく降りつづいている。肌寒く、陰鬱《いんうつ》な秋の長雨である。

人影の絶えた鉄砲洲の海辺の道に、傘をさしてたたずんでいる男と女の姿があった。二人はまったくの無言、雨にけむる灰色の海を悄然《しょうぜん》と眺めている。

番傘の男は幻十郎、紫紺の蛇の目傘の女は志乃だった。

昨夕、船松町の渡し場付近で、竹内平四郎が何者かに斬殺されたと、つい半刻前に歌次郎から聞いたばかりである。幻十郎はすぐさま志乃をさそって現場に飛んできたのだが、竹内の死体はすでに片づけられており、殺害現場と思われる場所にもその痕跡はいっさい残っていなかった。昨日から降りつづいた雨が、下手人の足跡や竹内の血痕を洗い流してしまったのである。

二人の目に映るのは、蕭々と降りつづける白い雨と無人の浜辺、そして灰色の海だけである。この寂寞《せきばく》とした光景の中で、竹内平四郎がどんな最期《さいご》をとげたのか、想像すらつかなかった。絶え間ない潮騒《しおさい》と海猫《うみねこ》の啼《な》き声だけが虚しくひびいてくる。

「――竹内さまが亡くなったなんて」

消え入りそうな声で、志乃がつぶやいた。

「まだ信じられません」

「…………」

幻十郎は無言。まばたきもせずに灰色の海をじっと見ている。幻十郎も竹内平四郎の死がまだ実感できなかった。つい先日、両国米沢町の居酒屋『彦六』で酒を酌みかわしたばかりである。竹内の屈託のない笑顔が鮮やかに脳裏に焼きついている。

底抜けに人のいい男だった。そして唯一心の許せる友だった。『彦六』で再会したとき竹内は幻十郎を「神山源十郎」本人とは知らずに、

「惜しい男を亡くしたものです」

と声をつまらせた。そのときの真率《しんそつ》悲しげな竹内の顔がまぶたによみがえる。やり場のない怒りと哀しみ、そして虚しさが幻十郎の胸中で交錯していた。

「いったい、誰が竹内さまを……?」

蛇の目傘の下から見上げるようにして、志乃がいった。

「その答えは、あの島にある」

幻十郎の視線は、降り煙る白い雨の奥におぼろげに浮かび立つ石川島の島影に向けられていた。それはまるで大海に浮かぶ巨船のようでもあり、巨大な砦《とりで》のようにも見えた。

「石川島？」

志乃はけげんそうに沖合に目を向けた。

「人足寄場だ」

きっぱりといった。

鍛冶屋《かじや》の政太郎と鋳掛《いか》け屋の重吉が寄場送りになったのは、決して偶然ではない。北町与力の峰山文蔵が二人を罠にはめたのである。その一件と竹内平四郎の斬殺事件がどこかでつながっているのではないか、と幻十郎は読んだのだ。

「あの島には何か秘密が隠されている。その秘密を竹内は知ってしまったのかもしれぬ」

「――旦那」

志乃が見返った。

「わたし、竹内さまのお組屋敷に行ってきます」

「組屋敷に？」

「お悔やみがてら、奥さんに訊《き》いてみますよ。竹内さまの様子に何か変わったことでもなかったか」

「うむ」

幻十郎はふところから小判を一枚取り出し、

「おれが行くわけにはいかんからな。代わりにこれを置いてきてくれ」

といって、志乃の手ににぎらせた。


午後になって、雨はやや小降りになった。

志乃は一度、神田佐久間町の店にもどり、濃紺の地味な着物に着替えて八丁堀に向かった。低く垂れ込めていた雲も、いくぶん薄くなったような気がする。

江戸橋を渡って、楓川にそって南へ行くと、川の東側に組屋敷の家並みが見えた。

志乃が八丁堀をたずねるのは一年半ぶりである。「あの事件」の暗い記憶とは裏腹に、ひさしぶりに見る八丁堀の景色は、なぜか妙に懐かしく思えた。

志乃が住んでいた組屋敷は、八丁堀の南はずれの岡崎町にあった。竹内平四郎の組屋敷も同じ町内にある。志乃は蛇の目傘で顔を隠すようにして、竹内家の木戸門をくぐった。

「ごめんくださいまし」

玄関先で声をかけると、奥からたすきがけの静江が出てきた。

「おひさしぶりでございます」

「志乃さん！」

静江が瞠目《どうもく》した。驚きのあまりつぎの言葉が出ない。志乃は蛇の目傘を畳んで雨滴

を払い落とし、沈痛な面持ちで「このたびはご愁傷さまで」と頭を下げた。静江はようやく我に返って、

「まァまァ、こんな雨の中、わざわざお越しいただいて……。ささ、どうぞ、お上がりくださいまし」

と志乃を奥の居間に案内した。荷片付けをしていたらしく、部屋の中には紙包みの品々が乱雑に積まれてあった。

「散らかってますけど、どうぞ」

「お取り込み中、申しわけございません」

「どういたしまして。ただいまお茶を入れてまいりますので」

静江は足早に勝手に去った。哀しみを隠して精一杯気丈に振る舞うその姿が、志乃にはかえって哀れに思えた。

ふと首をめぐらして隣室に目をやった。わずかに開いた隣室の襖《ふすま》の間から、いたいけない子供の姿が見えた。竹内の忘れ形見・小太郎である。五歳の子供には父親の死が理解できないのだろうか、それともまだ事実を知らされていないのか。志乃の存在にも気づかず無心に玩具で遊んでいる。

部屋のすみに簡素な祭壇が祀《まつ》られてあり、真新しい白木の位牌《いはい》が置かれてある。

志乃は祭壇の前に膝《ひざ》を進めて、位牌に手を合わせると、ふところから紙に包んだ小

判を取り出して、そっと位牌の前に置いた。幻十郎からあずかってきた香典である。

「どうぞ、お茶を」

静江が茶盆を持って入ってきた。志乃は一礼して茶碗を取りながら、

「ほんとうにこのたびは、とんだことで……。心からお悔やみ申し上げます」

「ごていねいに、ありがとうございます」

「ご主人の身にいったい何が起きたんですか」

「正直なところ、わたしにもよくわからないんです。昨夜遅く、吟味与力の高田さまがお見えになって、主人が鉄砲洲で何者かに斬られたと……、気が動転したまま、すぐに南の御番所に飛んでいって主人の遺体と――」

いいかけて、静江はふいに声をつまらせて目頭を押さえた。変わり果てた夫の姿を思い出し、あらたな悲しみがわいてきたのだろう。細い肩がかすかに震えている。一拍の沈黙のあと、静江が気を取り直すように語をついだ。

「高田さまは、見廻りの帰りに喧嘩沙汰にでも巻き込まれたのではないかと、そうおっしゃってましたが……、でも、わたしにはとても信じられません。主人はおだやかな性格の人でしたし、いままで他人《ひと》さまといさかいを起こしたことなど一度も……」

「お出かけになるとき、竹内さまの様子に何か変わったことでも?」

「いいえ、ふだんと変わりはありませんでした。ただ、昨日は朝から雨が降ってまし

たので、何となく気鬱《きうつ》そうな顔をしてましたけど」

「そうですか」

「ところで、志乃さんはいまどうしてらっしゃるんですか」

一年半前の「あの事件」で吉見家が断絶になり、志乃が組屋敷を追われたことは、八丁堀の住人なら誰でも知っている。だが、その後の志乃の消息について知る者は誰もいなかった。

「神田佐久間町で細々と小間物屋を商っています」

「そう、それは存じませんでした。女が一人で生きてゆくのは大変ですからね。さぞご苦労があったのでしょう」

「静江さんは、これからどうなさるおつもりなんですか」

「十日ほどのご猶予《ゆうよ》をいただきましたので、とにかく、それまでに何とか荷片付けを済ませなければと――」

「お組屋敷を出て行かれるのですか」

「ええ」

切なげに静江は目を伏せた。

五歳の小太郎には家督の相続権がないし、それにもともと町方同心は一代抱えの御家人なのである。当主が死亡し、成人の嫡子《ちゃくし》がいない場合は家名断絶、残された遺族は八丁堀の組屋敷を出て行かなければならない。静江・小太郎母子《おやこ》もその例に洩れなかった。

「わたしの母方の叔父が八王子《はちおうじ》同心をつとめておりますので、しばらくはその叔父のところに厄介になろうかと」

「静江さん」

志乃が膝を進めて、静江を直視した。

「亡くなったご主人のことで何かお気づきのことがあったら、ぜひわたしに知らせてください。きっとお力になれると思います」

「ありがとうございます」

深々と頭を下げる静江に、どうかお力落としのないようにと、慰めの言葉をかけて志乃はゆっくり腰を上げた。

2

四日間降りつづいた雨が夕方になってぴたりとやみ、西の空の雲の切れ間から、茜《あかね》色の陽光が差しはじめた。

雨上がりの庭の一角に、紅い花を咲かせた山茶花《さざんか》の木が立っている。

立花伊織は縁側にあぐらをかいて、その紅い花をぼんやりと眺めていた。

船戸一家の離れ家の居間の縁側である。

わけもなく胸の中が熱くなった。雨に濡れてつややかに輝《かがや》く山茶花の紅い花が、妙になまめかしく映ったためである。それはある瞬間に、お園の紅い唇にも見えたし、またある瞬間にはぬれぬれと光るお園の秘所にも見えた。なぜそんな淫靡《いんび》な妄想《もうそう》にかきたてられるのか、自分でもよくわからなかった。

（惚《ほ》れたか……）

自問しながら、伊織はほろ苦く笑った。あれ以来、お園は父親の目を盗んで、夜ごと伊織の臥床《ふしど》に忍び入るようになった。

困惑しながらも、伊織はそれを拒まなかった。いや、拒む気持ちはあったのだが、男の本能が受け入れてしまったのである。雇いぬしの市兵衛にうしろめたさを感じながら、いつか伊織はお園の若い肉体にずるずるとのめり込んでいった。

「伊織さまと一緒になりたい」

肌を合わせるたびに、お園は口ぐせのようにそういった。そして、

「相手が伊織さまなら、父もきっと許してくれると思います」

ともいった。

いま、伊織は真剣にそのことを考えている。

（侍を棄てるか）

ふとそう思った。もとより、武士の世界に未練や執着は微塵《みじん》もなかったし、「侍を棄てる」といっても、いまの自分には棄てるほどの地位も身分もない。ただ武士の矜持《きょうじ》を棄てるだけのことなのだ。

――お園を妻に娶《めと》り、香具師《やし》として市井《しせい》の片すみに生きてゆくのも悪くはあるまい。

ぼんやりそんなことを考えていると、ふいに、

「先生」

廊下に声がひびき、障子ががらりと引き開けられた。振り向くと、市兵衛が深刻そうな顔で入ってきて、伊織の前に膝をついた。

「どうした？」

「お園が昼ごろ家を出たまま、この時刻になっても帰ってこないので心配になりましてね」

「一人で出かけたのか」

「ええ……。じつは、つまらぬことでお園と口論になりまして」

市兵衛は気まずそうに頭をかいた。例の縁談の件である。いつになく厳しい口調で市兵衛が決断を迫ったところ、お園が突然癇癪《かんしゃく》を起こし、わめき散らしながら家を飛び出していったというのである。

「雨の中を傘もささずに飛び出していったので、すぐにもどってくるだろうと高をくくっていたのですが——」

不安そうに市兵衛は目をしばたたかせた。昼ごろ出ていったとすれば、もうかれこれ二半刻（五時間）ほどたつ。伊織の胸中にも不安がよぎった。

「お園さんが立ち寄りそうなところに、心当たりはないのか」

「浅草田原《たわら》町に琴《こと》の稽古仲間が一人おります。薬種《やくしゅ》問屋『高麗屋《こうらいや》』のお民《たみ》という娘です」

「わかった。わしが様子を見てこよう」

「ご面倒をおかけして申しわけございません」

「気にするな。これも用心棒のつとめだ」

伊織は両刀を持って立ち上がった。そこへ、

「旦那さま！」

初老の下男が飛び込んできた。

「たったいま、見知らぬ男がこんなものを……」

差し出したのは、結び文である。

「見知らぬ男？」

「物乞いふうの薄汚れた男でした」

市兵衛が結び文を受け取って、手早く開いた。

ふなとのいちべえへ。むすめはあずかった。

くれ六ツ、ほんじょみなみわりげすい、じょうみょうじに、ひとりでこい。

くちなわのじんろく。

と金釘《かなくぎ》流の文字でしたためられてある。市兵衛と伊織の顔に戦慄が奔《はし》った。

「くちなわのじんろく……？」

市兵衛が険しい顔でつぶやいた。くちなわとは「朽縄」、すなわち蛇を意味する。

文の差し出し人は「蛇の甚六」という男であろう。

「羅漢寺一家の身内に相違あるまい」

伊織がいった。

「汚ねえ真似《まね》をしやがって！」

怒りをあらわにして、市兵衛が吐き捨てた。

「わしも一緒に行こう」

「け、けど先生、この文《ふみ》には手前一人でこい、と……」

「だからこそ、わしがついて行ったほうがいい」

「え」

と市兵衛がけげんそうに見返した。

「これには何か仕掛けがあるのかもしれぬ。元締め一人では危険だ」

「お心づかいはありがたいのですが、万一やつらに気づかれたら――」

「案ずるな。敵に悟られるほど、わしは愚鈍《ぐどん》ではない。……元締めの命はわしが守ってやる。そしてかならずお園さんを連れもどしてみせる」

「先生……」

すがるような目で見上げる市兵衛に、

「では、まいろうか」

とうながして、伊織は大股に部屋を出ていった。

南本所横網町の市兵衛の家から「みなみわりげすい」（南割下水）の「じょうみょうじ」（浄明寺）までは、四半刻（三十分）もかからぬ距離である。

御竹蔵《おたけぐら》（幕府の米蔵）の長大ななまこ塀を左に見ながら、市兵衛と立花伊織はゆっくりした足取りで東に向かっていた。

二人とも終始無言。こわばった表情で黙々と歩いている。

つい先ほどまで、西の空を茜色に染めていた夕日はすでに没し、あたりは薄い夕闇に領されている。歩きながら、伊織はふっと上空を仰ぎ見た。

雨雲が飛ぶように流れ、雲の切れ間切れ間から青白い月明かりが差し込んでいる。南風が吹き込んでいるせいか、妙に生暖かい夜だった。

本所南割下水は、万治二年（一六五九）、本所奉行によって開鑿《かいさく》された幅九尺（約二メートル七十センチ）、全長およそ十五丁（約一・六キロ）の下水で、西から東へほぼ一直線に貫流している。

南割下水の北岸の道を東に向かってしばらく行くと、左にこんもり茂る叢樹《そうじゅ》が見えた。杉や赤松、檜《ひのき》などの針葉樹の森である。その森の前に朽ち果てた山門が立っている。

市兵衛が山門の前で足を止めた。扁額《へんがく》に『浄明寺』とある。

「ここです」

「………………」

伊織は無言でうなずき、先に行ってくれと目顔でうながした。

山門から森の奥に石畳の細い参道がつづいている。市兵衛はゆっくり参道に歩を踏み出した。五、六間遅れて、伊織が油断なく四辺の闇に目をくばりながら、足音を消してついてゆく。ほどなく前方に『浄明寺』の本堂が見えた。

『浄明寺』は浄土宗《じょうどしゅう》鎮西派《ちんぜいは》、伝通院《でんづういん》の末寺《まつじ》だが、二年ほど前に宗円《そうえん》という住職が女犯《にょぼん》の罪を犯して所払いになり、それ以来、無住の荒れ寺と化していた。

静寂《せき》。

寂として物音ひとつしない。

――こつ、こつ、こつ……。

石畳の参道にかすかな足音をひびかせながら、市兵衛がゆっくり本堂に近づいてゆく。

伊織は石灯籠《いしどうろう》の陰に身をひそめて、じっとその姿を見守った。

「――お園」

本堂の前で足を止めて闇の奥に呼びかけると、ふいに板唐戸《いたからど》がきしむ音がして、回廊《かいろう》に人影が現れた。一つ、二つ、三つ……、と黒影が出てくる。

月明かりに浮かび立ったその影は、羅漢寺一家の貸元・五郎蔵と子分らしき長身の男、そして口に猿《さる》ぐつわを嚙《か》まされ、うしろ手にしばられたお園だった。

「羅漢寺の……！」

参道に立ちつくしたまま、市兵衛は火を噴くような目で五郎蔵を睨《にら》みつけた。

「やっぱり、おめえだったか」

「おめえさん一人かい？」

五郎蔵は用心深く市兵衛の周囲を見廻した。

「おめえの望みは何なんだ？」

「船戸一家の縄張りだ。そっくり明け渡してもらいてえ」

「おれを丸裸にするつもりかい」

「ひとり娘の命には換えられねえだろう」

五郎蔵がせせら笑いを浮かべた。

「わかった。縄張りはおめえにくれてやる。お園を放してやってくれ」

と足を踏み出そうとした瞬間、五郎蔵がやおら羽織をはね上げて、背中に隠し持った銃を取り出し、カシャッと基部を屈折させて銃口を市兵衛に向けた。〝気炮〟である。

「な、何の真似だ、それは！」

「鈍い男だな、おめえも。……縄張りをもらうってことは、こういうことなんだよ」

「畜生ッ！　騙《だま》しやがったな！」

「ふふふ、いまごろ気がついても遅いぜ」

五郎蔵の指が引き金にかかった。

バスッ。

鈍い発射音とともに、市兵衛の額から血が噴き飛び、市兵衛の体がはじけるように参道に転がった。

「お父つぁん！」

必死に猿ぐつわをはずしてお園が叫ぶのと、石灯籠の陰から伊織が飛び出してくるのとが、ほとんど同時だった。走りながら伊織は二刀を引き抜いている。

「な、なんだ、てめえは！」

度肝を抜かれたのは、五郎蔵である。ぎょっとなって立ちすくんでいる隙に、

「伊織さまッ！」

お園が子分の体を突き飛ばして身をひるがえした。

バスッ。

〝気炮〟が発射音を発した。「あっ」と小さな悲鳴を上げて、お園がのけぞった。

「お園――ッ」

叫びながら、伊織は猛然と走った。

五郎蔵はすぐさま〝気炮〟の基部を屈折させて、銃口を伊織に向けた。

バスッ。銃弾が伊織の左太腿をつらぬいた。一瞬、伊織の体が左に大きく傾いたが、左手に持った脇差でかろうじて体を支え、脚を引きずりながらなおも走った。

――バスッ。バスッ。バスッ。

〝気炮〟の連射である。伊織の上体が前後に激しく揺れた。肩、胸、腹からおびただしい血が噴き出している。まるで蜂の巣だった。伊織は気力を振りしぼって踏みとどまり、

「お、おのれ！」

右手に持った大刀を、回廊の五郎蔵めがけて投擲《とうてき》した。宙を飛んだ刀は、回廊の手前で急に失速し、小さな弧《こ》を描いて公欄《こうらん》に突き刺さった。

「往生《おうじょう》ぎわの悪い野郎だぜ」

五郎蔵があざけるように嗤《わら》って、ふたたび銃口を伊織に向けた。

バスッ。

ねらいすました一発が、伊織の心ノ臓をつらぬいた。伊織の両脚がもつれた。二、三歩前のめりによろけながら、崩れるように参道に倒れ伏した。

五郎蔵は〝気炮〟の銃口をゆっくり下に向けて、足元に目をやった。お園がうしろ手にしばられたまま、回廊から顔を突き出すようにしてうつ伏せに倒れている。銃弾が背中を貫通していた。

「三人とも死んでますぜ」

子分がいった。

「ふふふ、これで船戸一家は全滅だ」

勝ち誇った笑みを浮かべながら、五郎蔵は羽織をたくし上げて〝気炮〟を背中の帯に差し込むと、「行くぜ」と子分をうながし、回廊から参道に下りて足早に去っていった。

二人の姿が参道の奥の闇に消えたときである。異変が起きた。

倒れ伏していた伊織の体がぴくりと動いたのである。驚くべきことに、あれだけの銃弾を浴びながら、まだかすかに息があった。血まみれの手で地面をかくようにして、伊織はじりじりと回廊のほうに這い進んだ。

「お園……」

回廊に倒れているお園に、しぼり出すような声で呼びかけた。つぎの瞬間、信じられぬことが起きた。お園の眉がわずかに動いたのである。そして、うっすらと目を開いた。

黒い眸《め》が何かを探すようにきょろきょろと動いている。

「――伊織さま？」

焦点の定まらぬ目だった。伊織はさらに回廊の下に這い寄った。

「お園……、死ぬな。……死んではならん」

「伊織さま」

「わ、わしは……おまえを娶《めと》る。……おまえを妻にする」

「ほんとう？……ほんとうなんですか」

「この期《ご》におよんで……、嘘はいわぬ」

「うれしい……。やっと……やっと伊織さまと一緒になれるんですね」

お園は大きな眸をくるくると廻した。だが、その眸からはすでに光が失せていた。

「見えない……、伊織さまの姿が見えない」

伊織の声は返ってこなかった。こと切れたのだ。見えぬ目で伊織の姿を探しながら、お園がふっと小さく微笑《ほほえ》んだ。

「でも、伊織さまは、わたしのそばにいる……。これからもずっとわたしのそばに……」

そこで声が途切れ、静かに息を引き取った。

3

「いい仕事をしてくれやしたよ、この銃は——」

〝気炮〟の銃身を愛《め》でるように撫でながら、五郎蔵が満面に笑みを浮かべていった。

『甲州屋』の奥座敷である。前に嘉兵衛が座っている。

「浪人者を三人や四人抱えるより、よっぽどこいつのほうが頼りになるやすぜ」

「何しろ松代藩の鉄砲鍛冶が三年の歳月をかけて造った銃ですからねえ」

嘉兵衛の顔にも満足げな笑みが浮かんでいる。

「それを田之倉さまは、四日あまりで造りあげたそうです」

「へえ、たったの四日ですかい」

「とりあえず五挺ほど組み立てたそうですよ。そのうちの一挺を北町の峰山さまが持ってこられたのです」

「そうですかい」

手にした〝気炮〟をしみじみと見て、

「峰山さまにお力添えを願った甲斐《かい》がありやした。おかげで寅八と卯三郎の仇討《あだう》ちができやしたよ」

「気に入ったら売ってやってもいいと申しておりましたが」

「この銃を……、あっしに？」

「ええ」

「いくらで売るつもりで？」

「百両」

「百両！」

五郎蔵が目をむいた。この時代、商家の下男の給金が年に三両、下女は二両二分が相場であったという。米一石（約百五十キロ）が一両、十両盗《お》めば首が飛ぶといわれた時代でもある。百両という金がいかに途方もない金額か、推して知るべしであろう。

「もっとも百両という値は、あくまでも田之倉さまの皮算用でしてね。五郎蔵さんなら半額の五十両でいいと──」

「五十両か……」

渋い顔で腕組みをする五郎蔵に、嘉兵衛が、

「この銃があれば、身内衆の十人分、いや、それ以上の働きをしてくれるはずです。考えようによっては、そう高い買い物ではないでしょう」

「――わかりやした」

意を決するようにうなずくと、五郎蔵は〝気炮〟を嘉兵衛の膝元に差し返した。

「金を工面して、また出直してきやすよ」

『浄明寺』境内で起きた射殺事件は、人の口から口へと伝えられ、翌日の昼ごろにはもう江戸じゅうに広まっていた。

「船戸の市兵衛と娘のお園が何者かに殺されたらしいぜ」

「元締めが死んじまったんじゃ、この先、船戸一家は立ち行くめえな」

「身内衆も浮足立ってるそうだ」

「早々と尻尾《しっぽ》を巻いて逃げ出した者もいるそうだぜ」

「船戸一家の縄張りはどうなる？」

「早晩、羅漢寺一家の手に落ちるだろうよ」

「いまごろ、羅漢寺の五郎蔵はほくそ笑んでるにちがいねえ」

どこへ行っても、そんなうわさで持ちきりである。

当然のことだが、事件の報は幻十郎の耳にも入っていた。今朝四ツ（午前十時）ごろ、鬼八が事件の詳報を持って飛んできたのである。話を聞いた瞬間、幻十郎は、

（まさか！）

と思った。用心棒の立花伊織と娘のお園には、先日浜町河岸で会っている。その二人が殺されたことも衝撃だったが、それ以上に幻十郎を驚かせたのは、犯行に〝気炮〟が使われたらしい、という鬼八の言葉だった。

「鬼八、そいつはたしかなのか？」

念を押すように、幻十郎が訊き返すと、鬼八は力強くうなずいて、

「三人の死体を片づけた小者の話によると、元締めの市兵衛は眉間《みけん》を、娘のお園は背中を一発で撃ち抜かれ、立花伊織って浪人者は蜂の巣になっていたそうです。むろん、それだけで〝気炮〟と決めつけるわけにはいきやせんが、ひょっとしたらと思って
――」

『浄明寺』の周辺を探索したところ、本堂の裏手の荒れはてた僧房《そうぼう》に、数日前から年老いた無宿人《やどなし》が寝泊まりしていたことを突き止めたのである。昨夜もその無宿人は僧房で寝ていたという。もし犯行に使われた銃が装薬銃だとすれば、当然、銃声を聞いているはずなのだが……、

「その無宿人は一発の銃声も聞いてねえんですよ」

「…………」

幻十郎は絶句した。松代藩がもっとも恐れていた〝気炮〟の流出が現実のものとな

ったのだ。しかも、その〝気炮〟は新たに作られた可能性があった。なぜなら、たった一挺しかない片岡京助の〝気炮〟が、博徒一家の手に渡るはずがないからである。

「鬼八」

険しい目で幻十郎が見返した。

「そろそろ仕掛けどきがきたようだな」

「仕掛けどき?」

「羅漢寺一家の五郎蔵を締め上げて、〝気炮〟の入手先を吐かせるんだ」

「わかりやした。やつの様子を探ってみやす」

といって、鬼八は『風月庵』を出ていった。それからすでに三刻半(七時間)がたっている。西の窓から差し込んでいた残照が、いつの間にか薄闇に変わっていた。

幻十郎は自室で身支度をととのえはじめた。裁着袴《たっつけばかま》をはき、黒革の手甲脚絆《てっこうきゃはん》をつけ、腰に両刀を差して部屋を出ると、夕餉《ゆうげ》の支度をしていた歌次郎が勝手からいそいそと出てきて、まるで世話女房のように「お気をつけて」と玄関先《ぎょうとくがし》まで見送りに出た。

稲荷堀《とうかんぼり》の西岸の道を、南をさしてしばらく行くと、行徳河岸に出る。

行徳河岸から箱崎《はこざき》橋を渡って、さらに南に歩を進めると、前方に永代橋が見えた。

元禄《げんろく》十一年(一六九八)、五代将軍・綱吉《つなよし》の五十歳の生誕記念に架橋された幅三間一尺五寸(約六メートル)、長さ百十間余(約二百メートル)の大橋である。

両国橋同様、この橋の東西にも広小路が設けられ、葦簾《よしず》掛けの床店《とこみせ》や掛け小屋がずらりと立ち並び、富岡八幡宮の参拝人や遊客たちで終日にぎわっていた。

橋の西詰にさしかかったとき、人混みを縫って幻十郎のかたわらにすっと歩み寄ってくる男がいた。手拭《てぬぐ》いで頬かぶりをした鬼八である。

「どんな様子だ？」

歩きながら、何食わぬ顔で幻十郎が訊いた。

「子分を二人引き連れて、縄張内《しまうち》の店を歩き廻っておりやす」

「見ケメ料《みかじめ》の徴収か」

「へい」

羅漢寺一家の縄張り、俗にいう「浜十三町」には、酒色を商う大小の店がおよそ四百軒あった。その一軒一軒から二朱の見ケメ料を徴収すれば五十両になる。五郎蔵はその五十両で〝気炮〟を買い入れようと算段したのである。

永代橋の東詰の広小路を右に曲がり、一丁ほど行ったところを左に折れると中島町《なかじま》にぶつかる。後年（天保期）、江戸の文壇を席巻した人情本の戯作者《げさくしゃ》・為永春水《ためながしゅんすい》は、小粋な茶屋や淫靡《いんび》な呑み屋が混在するこの町を、

〈粋《いき》と野暮との中島町〉

と評している。要するに無秩序で取り留めのない町ということである。

油堀《あぶらぼり》の支流に架かる中島橋を渡ったところで、鬼八がふと足を止めて背後の幻十郎を振り返り、旦那はここで待っててておくんなさい、といいおいて小走りに中島町の路地に駆け込んで行った。

待つこと須臾《しゅゆ》（十二、三分）……。

ふたたび路地から鬼八が飛び出してきて、幻十郎のもとに駆け寄り、

「もうじき出てきやす」

と小声でいった。幻十郎の目がするどく路地に向けられた。ほどなく三人連れの男が路地から姿を現した。羅漢寺の五郎蔵と二人の子分である。

「あいつらです。真ん中のずんぐりした男が五郎蔵です」

「ご苦労だった。これで酒でも呑んでくれ」

鬼八の手に小粒をにぎらせると、幻十郎はゆっくり歩を踏み出した。鬼八はもう走り去っている。五郎蔵と二人の子分は、幻十郎に背を向けて南に向かって歩いてゆく。

幻十郎は歩度を速めて三人の背後に迫った。

「五郎蔵」

と声をかけると、三人はぎくりと足を止めて振り向いた。

「あっしに何か？」

達磨《だるま》のような大きな目をぎらりと光らせて、五郎蔵が訊いた。

「ゆうべの事件で訊きてえことがある」

「なに！」

五郎蔵の顔が硬直した。同時に左右に立っている子分の手がふところにすべり込んだ。

「ご、ご浪人さんは、いってえ何者なんで？」

「死神だ」

「ご冗談を……」

「あの銃をどこで手に入れた？」

ずばりと訊いた。五郎蔵の大きな目玉がぎょろりと動いた。それが合図だったらしい。二人の子分がいきなり匕首《あいくち》を抜き放ち、猛然と斬りかかってきた。

しゃっ。

幻十郎の刀が鞘走《さやばし》った。悲鳴を上げて子分の一人が前に突んのめった。首がざっくり切り裂かれている。逆袈裟の一刀だった。幻十郎は横に跳んでもう一人の匕首をかわすと、真っ向上段から刀を叩きつけた。ぐしゃっと音がして男の頭蓋骨《ずがいこつ》が陥没した。男はよろめきながら油堀の支流に転落していった。電光石火の二人斬りである。

幻十郎はすかさず身をひるがえし、度肝を抜かれて立ちすくんでいる五郎蔵の鼻面《はなづら》に、刀の切っ先をぴたりと突きつけた。五郎蔵の顔から血の気が引いた。瘧《おこり》のように躰《からだ》を激しく震わせている。

「い、命だけは……、助けてくれ」

五郎蔵が手を合わせて哀願する。体の震えは止まらなかった。あごの下のたるんだ肉までが震えている。見かけによらずこの男は小心なのだ。

「素直に吐いたら助けてやる。あの銃をどこで手に入れた?」

「き、北町の……、峰山さまから借りた……」

うめくように五郎蔵が答えた。

「その峰山の背後には黒幕がいるはずだ。そいつの正体を明かしてもらおうか」

「し、知らねえ。おれは何も知らねえ」

これは事実だった。五郎蔵は幕府御鉄砲方の田之倉外記とは一面識もなかったし、その名前さえ聞かされていなかったのである。幻十郎は五郎蔵の表情を見て、これ以上追及しても無駄だと悟った。五郎蔵はたかが博徒の親分である。命がけで黒幕を守るほど筋の通った男ではない。

「そうか」

幻十郎は刀を引いてだらりと下げた。五郎蔵の顔にほっと安堵《あんど》の色が浮かんだ。

「み、見逃してもらえるんだな」

「いや」

と幻十郎が首を振った。まったくの無表情である。

「市兵衛父娘《おやこ》と立花伊織の回向《えこう》をさせてもらうぜ」

「そ、そんな……！」

思わず五郎蔵は後ずさった。その刹那、だらりと下げた幻十郎の刀が紫電一閃《いっせん》、五郎蔵の右脇腹から左肩を逆袈裟に薙ぎ上げていた。

羽織と着物が切り裂かれ、はだけた胸元に赤い裂け目が走り、めくれた肉の奥に白い粒々が見えた。切断された肋骨《あばらぼね》である。切っ先はさらに肋骨の奥の心ノ臓をも切り裂いていた。すさまじい勢いで血が噴き出す。

「ぎゃっ！」

異様な叫び声を上げて、五郎蔵は仰向けに転がった。胸元から噴き上がった血潮が、雨のように五郎蔵の全身に降りかかっている。達磨のような目を虚空にすえたまま、五郎蔵はぴくりとも動かなかった。ほぼ即死である。

刀の血ぶりをして鞘に納めると、幻十郎は足早にその場を去った。

4

透明に近い青空に、真綿雲が一つだけぽつんと浮いている。

のれんの隙間から店の奥に差し込んでくる陽差しの中で、志乃は商品の小間物の埃《ほこり》を布で丹念に拭《ふ》き取りながら、棚の上に並べ替えていた。そのとき、ふっと店の土間に影が差した。気配を感じて振り返ると、店先にためらうように女が立っていた。

「静江さん……！」

竹内平四郎の妻・静江だった。

「先日はどうも」

頭を下げながら、静江が入ってきた。手に袱紗《ふくさ》包みを抱えている。

「ようこそお越しくださいました。すぐお茶をいれてまいりますので」

志乃が立ち上がろうとすると、静江は手を振って、

「お届け物をお持ちしただけですので、どうぞ、おかまいなく」

といいつつ、上がり框《かまち》の前で袱紗包みを広げた。中身は十枚ほどの料紙の束である。

「主人の部屋を片づけていたら、こんなものが見つかりまして」

志乃がけげんそうにのぞき込んだ。竹内平四郎が書き溜めた図面の束である。

「何かの部品の図面だと思うんですけど」

「ご主人が書いたものですか？」

「たぶん、そうだと思います。勤めから帰ってくると、すぐ自室に閉じこもって文《ふ》机《づくえ》に向かっていましたから」

志乃は図面の一枚を手にとって見た。細密に書かれた部品の図面である。

意外だった。あの武骨そうな竹内平四郎に、これほどの絵心があったとは……。

「何の図面かおわかりになります？」

静江が訊いた。

「いえ」

とかぶりを振ったものの、志乃の胸中には「ひょっとしたら」という思いがあった。

「しばらく、おあずかりしていいかしら？」

「結構ですとも」

「わたしの知り合いに鍛冶屋さんがいるので、聞いてみますよ。何かわかったらすぐお知らせに上がります」

「ご面倒なことをお願いして、申しわけございません」

「で、荷片付けは、もう済んだんですか？」

「ええ、あらかた……。四日後に八王子に移ることにいたしました」

「そう。せっかく再会できたのに、お名残惜しいですねえ」

「江戸を発つ前に、またあらためてご挨拶《あいさつ》にうかがいます。所用があるので、今日はこれで――」

と一礼して、静江は店を出て行った。そのうしろ姿を見送ると、志乃は上がり框に置かれた図面の束を袱紗に包み直し、土間に下りて障子戸を閉め、奥の部屋にとって返して外出の身支度をしはじめた。

半刻後――。

志乃は『風月庵』の囲炉裏の前で茶を飲んでいた。その前で幻十郎が険しい表情で図面の一枚一枚に目を通している。やがてゆっくり顔を上げると、

「間違いねえ」

低い声で、しかし、きっぱりといった。

「こいつは〝気炮〟の図面だ」

「やはり、そうですか」

「これで絵解きができたぜ」

図面の束を置いて、幻十郎は囲炉裏端に置かれた湯飲みを手に取り、冷めた茶をぐびりと喉に流し込んだ。頭の中で糸がもつれたように複雑にからみ合っていた謎が、一気に解けたのである。

「石川島の人足寄場で〝気炮〟の部品が作られていたんだ」

それが幻十郎の結論だった。北町の支配与力・峰山文蔵が鍛冶職人の政太郎と鋳掛け屋の重吉を罠にはめて寄場送りにしたのも〝気炮〟の部品を作らせるために熟練の技術力が必要だったからである。むろん、その企みは峰山一人でできることではない。

寄場奉行の曲淵勘解由も一枚嚙んでいたはずである。

それにしても、なぜ寄場で〝気炮〟の部品を作らなければならなかったのか？

その謎も解けた。〝気炮〟の量産である。人足寄場なら量産が可能なだけの人手と設備がととのっている。そしてすでに何挺かの〝気炮〟が完成していることは、『浄明寺』の乱射事件でも明らかだった。

「竹内さまは、その秘密を知ってしまったんですね」

暗然と目を伏せながら、志乃がいった。

「まさか〝気炮〟の部品だとは思わなかっただろう。だが、不審を抱いたことだけはたしかだ。それでひそかにこの図面を書き溜め、何に使われる部品なのか調べようとしていたにちがいない」

「そのことを、誰かに気づかれたと――」

「………………」

幻十郎は無言でうなずいた。竹内は深入りしすぎたのだ。

事件の翌日、志乃とともに鉄砲洲の現場に足を運んだとき、幻十郎は政太郎と重吉が罠にはめられて寄場に送られた件と、竹内斬殺の一件とがどこかでつながっているのではないかと読んだ。その読みがまさしく的中したのである。

「これで事件のあらましが見えた」

囲炉裏の榾明《ほたあ》かりを見つめながら、幻十郎が低くつぶやいた。声はあくまでもおだやかだが、吊り上がったその目にはぎらぎらと瞋恚《しんい》の炎が燃えたぎっている。

「楽翁さまに、ご報告を？」

志乃が訊くと、幻十郎は首を振って、

「その前に、竹内の弔《とむら》い合戦だ」

「弔い合戦？」

「寄場に乗り込む」

「それで……？」

「寄場奉行を斬る」

決然といい放った。志乃の目がかすかに慄《ふる》えた。不安がよぎったのである。

石川島の人足寄場は、世間から隔離された一種の砦《とりで》であり、島に常駐する二十数人の役人たちは砦を守る兵といっていい。寄場の周囲は竹矢来で囲繞《いにょう》され、昼夜を分かたず見張りの目が光っている。それを承知で寄場に乗り込むというのは、まさに「戦《いくさ》」以外のなにものでもなかった。

「竹内さまのご無念を晴らしたい気持ちはわかりますけど……、でも」

単身、寄場に乗り込むのは無謀だと、志乃は悲しげにいった。

「案ずるな。勝ち目のない戦はやらんさ」

「………」

「――志乃」

幻十郎の手がやさしく志乃の肩を引き寄せた。小さな吐息を洩らしながら、志乃はしどけなく上体をあずけ、幻十郎の耳元でささやくようにいった。

「死んじゃ嫌ですよ、旦那」

「おれは一度死んだ男だ。二度と死ぬことはない」

いいながら、志乃の唇にそっと口を重ねた。

「旦那」

志乃が狂おしげに幻十郎の口を吸う。舌と舌とをからませながら、幻十郎は志乃の体を囲炉裏端に横たわらせた。右手が帯にかかっている。

着物の襟元がはらりと開き、白い乳房がこぼれ出た。幻十郎はたわわに揺れる乳房をわしづかみにして、乳首を吸った。つんと立ってくる。

「あ、ああ……」

志乃の上体が弓なりにそり返る。かたわらでパチッと囲炉裏の榾木《ほたぎ》がはぜた。

いつか二人は一糸まとわぬ全裸になっていた。赤々と燃える榾明かりが、重なり合う二人の裸身を妖しげに照らし出している。

「死なないで……、死なないで……」

幻十郎に抱かれながら、志乃は熱に浮かされたように、何度も同じ言葉を口走っていた。

5

陽が西の空に落ちて夕闇が立ちはじめたころ、外出していた歌次郎がもどってきた。志乃の姿はなく、囲炉裏端で幻十郎が一人黙然と茶碗酒をかたむけている。

「遅くなりやした。すぐ夕飯の支度を」

勝手へ去ろうとする歌次郎を、

「歌次」

幻十郎が呼び止めた。

「仕事だ。船の用意をしてくれ」

「へい」

多くを語らずとも、歌次郎の顔はすべてを悟っている。ひらりと身をひるがえして小走りに出て行った。幻十郎は茶碗酒を飲み干して立ち上がり、奥の自室に去った。

着物の両袖を抜いて諸肌《もろはだ》脱ぎになり、素肌の上に鎖帷子《くさりかたびら》を着込む。黒革の手甲脚絆をつけ、裁着袴をはく。得物《えもの》は朱鞘の大刀一振《ひとふり》、それを落とし差しにして『風月庵』

を出た。

夕闇がもう宵闇に変わっていた。

満天の星空である。

雑木林の裸の梢《こずえ》のあいだから、降るような星明かりが差し込んでいる。

足早に雑木林を抜けて稲荷堀《とうかんぼり》の堀端に出た。そこからやや南に下がったところに、現在は使われていない船着場があった。丸太組の桟橋は腐れ落ちて、いまは杭一本残っていない。石垣の堤から堀割に下りる石段だけが、船着場の名残をとどめている。その石段の下に、伝馬船の舳先《へさき》を直接つけて、歌次郎が待っていた。

幻十郎が伝馬船に乗り込むと、歌次郎は行き先も聞かずに無言で船を押し出した。

稲荷堀を南へ六丁（約六百五十メートル）も下ると、箱崎川にぶつかる。無言で櫓《ろ》をこぎつづけていた歌次郎が、そこではじめて口を開いた。

「行き先は？」

「石川島だ」

「承知」

歌次郎は大きく舵《かじ》を右にとった。

箱崎川を西に向かってしばらく行くと、行徳河岸の先で日本橋川にぶつかる。それを左に曲がって南に下ると、やがて永代橋の西詰に出る。

右に新堀《しんほり》町の人家の明かり、左に深川相生《あいおい》町の町明かりを見ながら、伝馬船はゆっくり大川を下って行った。この時刻になると大川を上り下りする船影はほとんどなく、ときおり船提灯《ふなちょうちん》を灯した釣り船が通りすぎてゆくだけである。

伝馬船が大きく揺れはじめた。水面が盛り上がるようにうねっている。

江戸湾に出たのである。櫓をこぐ歌次郎の手に一段と力が入った。幻十郎は舳先《みよし》にでんと腰を据えたまま、腕組みをして暗黒の海にじっと目をすえている。

ほどなく前方に黒々と横たわる石川島の島影が見えた。

「どこに着けやしょうか？」

櫓をこぎながら、歌次郎が訊いた。

「東の船着場だ」

「へい」

石川島の東の船着場は、寄場の御用船専用の船着場である。幻十郎は一度も石川島に足を踏み入れたことはないが、南町奉行所に在職中、島の概略図は見たことがある。建物の配置や警備の状況などはあらまし頭の中に入っていた。

島影がぐんぐん眼前に迫ってきた。

島の東側に小さな入り江があった。船着場はその入り江の奥にある。歌次郎は櫓を巧みにあやつりながら、船を入り江の中に進めた。

船着場の桟橋が見えた。三隻の屋根船が係留されている。寄場の御用船である。その隙間に伝馬船の舳先をすべり込ませると、もやい綱を杭に巻き付けて桟橋に降り立った。

桟橋から岸壁の上に石段がつづいている。幻十郎は石段の途中で足を止め、ふところから黒布を取り出して手早く面をおおうと、油断なくあたりの気配を探った。石積みの岸壁の上に頑丈な丸太門が立っている。門の脇の番小屋からほのかな明かりが洩れていた。

「ここで待っててくれ」

背後の歌次郎にいいおいて、幻十郎は石段を登って行った。

丸太門の門扉は閉じられていたが、施錠はされていなかった。太い角材のかんぬきが掛けられているだけである。格子のあいだから手を差し込み、そっとかんぬきをはずす。

門扉を押してみた。

ギイッときしみ音を立てて開いた。わずかに開いた門扉の隙間から、するりと体をすべり込ませる。と、そのとき、番小屋の中から見張番の下役人が一人、提灯を下げて出てきた。門扉のきしみ音に気づいたのだ。一瞬、目と目が合った。

「な、なにやつ！」

見張番が怒声を発した。その瞬間、

しゃっ。

抜きつけの一閃が見張番の喉を裂いた。声を聞きつけて、もう一人が番小屋の中から跳び出してきた。

「曲者！」

抜刀するなり、猛然と斬りかかってきた。幻十郎は横に跳んで切っ先をかわすと、体を反転させて背後に廻り込み、右袈裟に斬り下ろした。背中から血潮を噴き出しながら、見張番は前に突んのめり、勢いあまって船着場の石段を転げ落ちて行った。

歌次郎が駆け上がってきた。

「島の西側に人足長屋がある。ころあいを見計らってその長屋に火をかけてくれ」

幻十郎が命じた。火災の混乱に乗じて、政太郎と重吉を救出する作戦である。

「へい」と小さくうなずいて、歌次郎は西のほうへ走り去った。

幻十郎は反対の東に向かって走った。竹矢来にそって半丁（約五十五メートル）ほど走ると、右手の闇に板塀をめぐらした屋敷が見えた。寄場奉行の役宅である。屋敷を囲繞する高さ六尺（約一・八メートル）ほどの板塀の上には忍び返しが付設されている。

屋敷の裏手に廻った。

板塀の北角に小さな切戸口《きりとぐち》があった。戸を押しても開かなかった。内側からかんぬきが掛けられているらしい。ふところから小柄《こづか》を取り出して、戸の隙間から差し込み、手探りでかんぬきを捜す。ほどなく小柄の尖端に手応えがあった。ゆっくり横に引く。カタン、と音がしてかんぬきがはずれた。

戸を押して中に入る。そこは役宅の裏庭である。幻十郎は背をかがめて、植え込みの陰から陰へと音もなく走った。闇の奥にかすかな明かりが見えた。

部屋の障子が白く光っている。

足音を消して縁側に上がり込み、障子をわずかに引き開けて中をのぞき込んだ。

部屋の奥の臥床《ふしど》で、四十なかばとおぼしき男が高いびきをかいて眠りこけている。寄場奉行の曲淵勘解由にちがいなかった。

枕頭に置かれた丸行灯が淡い明かりを散らしている。

静かに畳を踏みしめながら臥所に歩み寄り、腰の大刀をそろりと引き抜いて片膝をつくと、いぎたなく眠りこけている曲淵の顔をのぞき込んだ。

二年ほど前に、幻十郎は公用で南町奉行所をたずねてきた曲淵の姿を見かけたことがあった。もっとも当時の曲淵はまだ目付職にいたのだが、眉が薄く、あごの尖った狷介《けんかい》な面構えは、そのころと少しも変わっていなかった。

ふいに曲淵がぽっかり目を開けた。同時に幻十郎の姿を見て仰天した。

「く、曲者！」

「静かに」

幻十郎が低くいった。大刀の刃が曲淵の喉元にぴたりと突きつけられている。さすがに曲淵は声が出せなかった。

「おれの問いに答えてもらう」

「…………」

「誰の差し金で〝気炮〟の部品を作った？」

「…………」

曲淵の顔から血の気が失せた。頰がひくひくと引きつっている。

「いえ」

喉元に当てた刀をわずかに横に引いた。首の皮膚が裂けて、じわっと血がにじんだ。

「や、やめてくれ！」

曲淵がうめくようにいった。刀刃を首筋に当てたまま、幻十郎は黙って見下ろしている。

「て、鉄砲方の田之倉外記どのから、頼まれた」

「田之倉？」

意外だった。幻十郎が想像していた人物より、はるかに小物だったからである。

「いままでに何挺分の部品を作った？」

「三十挺分だ。……そのうち五挺がすでに完成していると聞いた」

その五挺の一挺が、羅漢寺の五郎蔵の手に渡ったにちがいない。

「もう一つ訊く。南町の竹内平四郎を斬ったのは誰だ？」

「鉄砲方与力・青柳徳之助と井原源吾だ」

「そうか」

覆面の下の幻十郎の目がぎらりと光った。

「訊かれたことには……すべて答えた。……か、刀を引いてくれ」

あえぎあえぎ曲淵がいった。

カシャと鍔《つば》が鳴った。幻十郎が刀を逆手に持ち換えたのである。そのわずかな隙を衝《つ》いて、曲淵がガバッと上体をはね起こし、

「く、曲者だ！　出会え、出会え！」

大声でわめいた。幻十郎は反射的に左手で曲淵の体を押し倒し、右逆手に持った大刀を曲淵の左胸に垂直に突き立てた。切っ先は心ノ臓をつらぬき、夜具に突き刺さった。

廊下に蹌踉《そうろう》と足音がひびいた。おびただしい足音である。

すぐさま刀を引き抜いて、幻十郎は部屋を飛び出した。

ぶん！

刃うなりを上げて、白刃が襲いかかってきた。右からの斬撃である。とっさに刀の峰ではね返した。間髪を入れず、今度は左から槍《やり》の穂先が飛んできた。一間半の持槍《もちやり》である。一歩うしろに跳んで穂先をかわすと、槍のけらくびを切り落として濡れ縁から庭に飛び下りた。あちこちから影がわき立つ。

庭の植え込みを縫うように走りながら、幻十郎は数を読んだ。

刀が四人、持槍が三人。切戸口の前にも刀を構えた二人の武士が立ちふさがっていた。幻十郎は背後に迫った持槍の一人を振り向きざまに斬り捨て、すばやく翻転すると、切戸口の二人に向かって突進した。一人が正面から斬りかかってきた。

幻十郎の体がすっと沈んだ。横殴りの一刀を片膝をついてかわし、逆袈裟にその侍の腕を斬り払うと、屈曲させた膝を発条《ばね》のようにはずませて、左から斬りかかってきた二人目の胴を横一文字に斬り裂いた。

持槍の二人が背後に迫っていた。横に一間ほど跳んでかわした。二本の槍の穂先が立木の幹にぐさりと突き刺さった。その隙に切戸口に走り、戸に手をかけた。刀を構えた三人が猛然と背後に迫った。と、そのとき、

「火事だ！　火事だ！」

屋敷の奥から悲鳴のような声が上がった。背後に迫った三人が思わず振り返った。

西の空に真っ赤な炎が上がっている。

歌次郎が人足長屋に火をかけたのである。絶妙のタイミングだった。あわてふためく侍たちを尻目に、幻十郎は切戸口の戸を引き開けて、外に飛び出した。

闇の奥に右往左往する人影が見えた。

噴き上がった火柱が夜空を赤々と染め、あたり一面に無数の火の粉を降らせている。さながら赤い雪だった。

たちまち役所の屋根にも火が燃え移った。悲鳴、怒声、叫喚が飛び交っている。

幻十郎は東の船着場に向かって疾駆した。

丸太門の前までくると、西のほうから一目散に走ってくる三つの人影が見えた。

歌次郎と政太郎、重吉の三人である。

人足長屋から出た火は、折からの海風にあおられて、つぎつぎに建物を呑み込み、寄場の中は火の海と化していた。

四人は船着場の石段を駆け降りて、伝馬船に飛び乗った。歌次郎が手早くもやい綱をほどいて船を押し出す。大きなうねりに乗って、船は桟橋を離れて行った。

「盛大に燃えておるのう」

夜空に噴き上がる紅蓮《ぐれん》の炎を眺めながら、白髪の小柄な武士が嗄《か》れた声でつぶやいた。

松平楽翁である。かたわらに市田孫兵衛が立っている。場所は楽翁の嫡子・松平越《えっ》中《ちゅう》守《のかみ》定永《さだなが》の築地の下屋敷内にある隠居屋敷『浴恩園《よくおんえん》』の広縁である。

「あの様子では全焼は避けられますまい」

孫兵衛が眉宇を寄せていった。

「火の不始末か、それとも何かよからぬことが起きたのか――」

「いずれにしても、ただごとではございません。さっそく明朝、調べてまいります」

「うむ」

「冷えてまいりました。お体に障るといけませんので、寝間のほうにおもどりくださいまし」

「いや、寝るにはまだ早い。孫兵衛、熱燗《あつかん》で一杯付き合わんか」

「結構ですな。では、すぐに支度を」

一礼して、孫兵衛は去ろうとすると、楽翁が思い立ったように呼び止めて、

「寄場奉行をつとめているのは、誰じゃ？」

「曲淵勘解由でございます」

「曲淵か……」

低くつぶやきながら、楽翁はまた夜空に舞い上がる炎に目を向けた。

「おのれの足元から火を出すようでは、奉行として不取り締まりの責めは免れまいな」

「御意に存じます」

孫兵衛は横目でちらりと楽翁の顔をうかがい見た。心なしか顔が紅い。しきりに目をしばたたかせているのは、怒りがこみ上げてきたときの、楽翁の癖《くせ》である。

（お怒り、ごもっとも……）

孫兵衛はそう思った。楽翁の怒りには、それなりの理由があったからである。

第六章　秘策

1

『浴恩園』の南隅にある茶室の点前座《てまえざ》で、松平楽翁は静かに茶を点じていた。

石炉の上の茶釜がチンチンと音を立てて湯をたぎらせている。

昨夜の石川島の火事で、下屋敷の周辺は一時《いっとき》騒然としたが、一夜明けたいまは、人の声も物音もなく森閑と静まり返っている。

ときおり雉《きじ》の鳴き声が聞こえてくる。

海に近く、木々に囲まれたこの屋敷の周辺は、野鳥の楽園でもあった。

楽翁は点じた茶をゆっくり味わいながら、障子窓にさらさらと映る竹の葉影に、物《もの》憂《う》げな目をやった。深いしわをきざんだその顔には、三十余年前、老中首座として幕閣の頂点に君臨し、秋霜烈日の「寛政の改革」を断行した青年宰相・松平定信の面影は、もはや片鱗《へんりん》もない。いまここにいるのは、簡素静寂の侘茶《わびちゃ》をたしなむ、おだやかで臈《ろう》たけた一人の老人にすぎなかった。

一服目の茶を喫し終えたとき、ふと楽翁の目が動いた。

表でさくさくと枯れ葉を踏みしめる音がしたのである。ほどなく躙《にじ》り口の障子戸が音もなく引き開けられ、市田孫兵衛が大きな体を折り曲げて入ってきた。

「失礼つかまつります」

戸口で一礼し、孫兵衛は点前座に膝行《しっこう》した。楽翁がゆったりと振り向く。

「何かわかったか?」

「はっ」

と威儀を正し、

「昨夜の寄場の火事は、死神の仕業でございました」

「死神?……まことか、それは」

楽翁の顔が険しく曇った。

「その前に、殿にご説明申し上げなければならぬことが——」

そう前置きして、孫兵衛は一連の事件の発端となった武州熊谷宿での襲撃事件や、松代藩の鉄砲鍛冶・片岡京助が拉致《らち》されたこと、そして後日、その京助が殺害されたことなどを手短に話し、

「死神の調べによりますと、京助の図面をもとに寄場の中で〝気炮〟の部品が作られていたそうでございます」

「…………」

楽翁は顔を真っ赤に紅潮させ、激しく目をしばたたかせている。一瞬の沈黙のあと、

「――で、それを作らせた黒幕は、何者じゃ」

怒りのために楽翁の声は極端に低くなっている。聞き取れぬほどのかすれ声だ。

「幕府御鉄砲方の田之倉外記にございます」

「許せぬ！」

カッと火を噴くような目で、楽翁は吐き捨てた。怒りで体が震えている。

ことは楽翁の次男・真田幸貫に関わる重大事である。〝気炮〟が量産されて、不逞《ふてい》の輩《やから》どもの手に渡るようなことがあれば、幸貫の責任も問われかねないのだ。

「その件《こと》、幸貫は知っているのか」

怒りを抑えながら、楽翁が訊《き》いた。

「いえ、まだ……」

孫兵衛が気まずそうにかぶりを振って、

「江戸家老・不破儀右衛門どのが、幸貫さまに要らぬ心配をかけまいとご腐心なされまして――」

「にぎりつぶしたか」

「できれば、内々に処理したいと」

「それで死神に探索を頼んだというわけか」

「御意にございます」

その結果、田之倉外記の悪行が明るみに出たのである。

「それにしても、人足寄場で〝気炮〟の部品が作られていたとはな」

楽翁の目に、あらたな怒りがたぎっている。孫兵衛はその怒りの理由を知っていた。

石川島に人足寄場を創設したのは、ほかならぬ楽翁その人だったからである。

楽翁＝松平定信が老中首座をつとめていた寛政《かんせい》二年（一七九〇）、幕府のお膝元の江戸では無宿者が増加の一途をたどり、治安は麻のごとく乱れていた。天明《てんめい》の飢饉《ききん》のあと、故郷を離れた窮民《きゅうみん》が職を求めて江戸に流れ込んできたためである。

急増する犯罪に頭を悩ませた幕府は、それらの窮民を帰農させたり、あるいは水替え人足として佐渡に送ったりしたが、いずれの策も十分に効果は上がらなかった。

そこで定信は、火付盗賊改方《ひつけとうぞくあらためかた》の長谷川平蔵《はせがわへいぞう》（ご存じ『鬼平犯科帳』の主役）の建議により、従来の懲罰主義や隔離主義をあらためて、授産《じゅさん》によって無宿者や科人に更生の途を開こうと、石川島に人足寄場を建設し、長谷川平蔵に、

「加役方《かやくかた》人足に仰付られ候間、右、御用相勤むべく候」

と命じた。「加役方」とは火付盗賊改方のことであり、あらたに設置されたその役職を定信が「加役方人足寄場」と命名したのである。

二年後の寛政四年（一七九二）に長谷川平蔵はその任を解かれ、以後、「寄場奉行」が町奉行の支配下におかれ、寄場の管理運営に当たるようになった。

そうした経緯があるだけに、石川島の人足寄場にはひとしおの思い入れがあったし、三十余年たった現在もなお、寄場が無宿人や科人たちの更生施設として成果をあげていることに、楽翁はひそかな誇りを抱いていたのである。

「石川島の人足寄場は、わしの改革政治の成果の一つ……、形として遺《のこ》った唯一の実績なのじゃ。それを田之倉どもは土足で踏みにじった」

うめくように楽翁がいった。

「許せぬ！」

「寄場奉行の曲淵勘解由は、昨夜、死神が始末いたしました」

「で、寄場はどうなった？」

「すべて焼きつくされたそうでございます」

「そうか」

「公儀が再建に乗り出したと」

「それでよい。……また一から出直せばよい」

「残るのは田之倉外記と北町奉行所支配与力の峰山文蔵、それに浅草の船問屋『甲州屋』のあるじ・嘉兵衛の三人でございます」

「ふむ」

うなずいて、楽翁はふたたび石炉に向き直った。その目からは怒りが消えて、おだやかな茶人の顔にもどっている。黒漆《くろうるし》の棗《なつめ》から抹茶をすくい取り、大ぶりの白天目《しろてんもく》の茶碗に入れると、茶釜の湯をそそいで茶を点じはじめた。孫兵衛は黙って見ている。

「一服、どうじゃ？」

茶筅《ちゃせん》を静かに置いて、天目茶碗を差し出した。

「ちょうだいいたします」

受け取って作法どおりに飲み干すと、孫兵衛は両手をついて深々と頭を下げた。

「おみごとなお点前にございます」

「孫兵衛」

「は」

「その三人の命、まとめて五十両で買《こ》うてやれ」

「！」

孫兵衛は瞠目《どうもく》した。破格の〝仕事料〟である。つね日ごろ質素倹約を旨とする楽翁が、いきなり五十両もの大金を提示したことに、孫兵衛は楽翁の怒りの大きさを感じていた。

「では、さっそく死神に伝えてまいります」

低頭して、孫兵衛は静々と茶室を退去した。


その日の夕刻――。

『風月庵』の板間で、幻十郎、歌次郎、志乃の三人が囲炉裏を囲んで雑炊《ぞうすい》をすすっていた。歌次郎が腕によりをかけて作った鶏《とり》雑炊である。鶏の出汁《だし》がたっぷり利いていて、具も盛り沢山入っている。贅沢《ぜいたく》な鍋料理だ。

「ご馳走さま」

椀《わん》を置いて、志乃がにっこり微笑《わら》った。

「とてもおいしかったわ、歌次郎さん」

「そいつはどうも」

歌次郎がぺこりと頭を下げる。

「腹ごしらえもできたし、そろそろ出かけるか」

幻十郎が腰を上げると、すかさず志乃も立ち上がって、

「旦那、わたしも行きます」

「…………」

幻十郎は無言で見返した。

志乃の目が光っている。凄味をおびた決意の目である。

「竹内さまのご無念を晴らすために、……いえ、残された静江さんのために、この手で竹内さまの仇《あだ》を討ちたいんです」

「いいだろう」

幻十郎の応えはそれだけだった。背を返して土間に下りた。そのあとに志乃もつづく。

「お気をつけて」

歌次郎に見送られて、二人は『風月庵』をあとにした。

夕闇が迫る雑木林の小径を、二人は言葉をかわさずに黙々と歩きつづけた。

昼八ツ（午後二時）ごろ、市田孫兵衛が〝仕事〟を持ってきたあと、幻十郎は『四つ目屋』の鬼八に鉄砲方与力の青柳徳之助と井原源吾の動きを探らせた。竹内平四郎の仇を討つために、まずその二人を標的に選んだのである。

志乃が『風月庵』をたずねてきたのは、その直後だった。偶然、室町通りで鬼八と行き合い、幻十郎が〝仕事〟の段取りに入ったことを聞きつけてきたのである。

「いい忘れていました」

歩きながら、志乃がぽつりといった。

「鍛冶屋の政太郎さん、ゆうべ無事におかみさんのところにもどってきたそうです」

「そうか」

政太郎と重吉とは、昨夜、鉄砲洲船松町の渡し場で別れたままである。

「女房から聞いたのか」

「ええ、わざわざ知らせにきたんです。ほんとうにうれしそうでしたよ。覆面のお侍さんに助けられたって……」

志乃が微笑《わら》っていった。覆面の侍とは、むろん幻十郎のことである。

市田孫兵衛の話によると、政太郎と重吉以外にも数十人の人足たちが火事の混乱にまぎれて寄場から逃亡したそうだが、寄場役人の大半が焼死し、記録文書なども焼失したために、逃亡した者たちの正確な人数や身元はほとんどわからないという。寄場奉行・曲淵勘解由のずさんな管理体制がこんなところでも露呈したのである。

「役所がそんな体《てい》たらくだからな。政太郎の身に探索の手がおよぶことは、まずあるまい」

「でも、心配なので、しばらくは品川の親類の家に身を寄せるといってました」

「用心に越したことはない。そのほうがいいだろう」

いつの間にか、牡蠣殻町《かきがらちょう》の雑木林を抜けて、堀江町の河岸通りを歩いていた。

2

東の空に白い月が浮いている。

やがて前方に橋が見えた。東堀留川《ひがしほりどめがわ》に架かる和国橋《わくに》である。

その橋の西詰の小路の角に小体《こてい》な小料理屋があった。軒行灯に『如月《きさらぎ》』の屋号が記されている。二人はその店ののれんをくぐった。六ツ（午後六時）に『四つ目屋』の鬼八とその店で落ち合うことになっていたからである。

店の中には二組の客がいた。いずれも商家のお店者《たなもの》とおぼしき二人連れである。幻十郎と志乃は、衝立で仕切られた奥の席に腰を下ろし、小女に燗酒《かんざけ》二本を注文した。

「先日、下谷《したや》車坂《くるまざか》の古《こ》道具屋でおもしろい物を見つけましてね」

運ばれてきた酒を幻十郎の猪口《ちょく》に注ぎながら、志乃がささやくように話しかけた。

「おもしろい物？」

「これです」

さり気なく帯のあいだから引き抜いたのは、長さ一尺五寸（約四十五センチ）ほどの朱塗りの笛である。志乃は笛の両端を持ってわずかに引いて見せた。幻十郎の目が光った。

「仕込み小太刀《こだち》か」

身幅七分（約二センチ）ほどの両刃平造《もろはひら》りの仕込み小太刀である。

「これが、わたしの得物……」

パチンと仕込み小太刀を笛の鞘《さや》の部分に納めて、ふたたび帯にはさみ込むと、志乃はふっと笑みを浮かべた。

「こう見えても、多少小太刀の心得があるんですよ」

「ほう」

意外そうに、幻十郎が見返した。

「そいつは初耳だな。誰に習った？」

「父です」

「そういえば……」

幻十郎がほろ苦く笑った。

「おれはいままで、おまえの身の上話を聞いたことがなかった」

「お互いに過去を捨てた男と女ですからね。わたしだって旦那の昔のことは何も知りませんよ」

「で、父親というのは……？」

「ご公儀の小十人《こじゅうにん》衆をつとめておりました」

『武家名目抄《めいもくしょう》』によれば、小十人衆とは従人の意味であり、小従人とも書いた。平時は城内檜《ひのき》の間に勤番し、戦時には兵として出陣する。二十組あり、各組に二十名の小十人衆が配されていた。俸禄は七十俵高五人扶持、お目見得以下の御家人である。

――岩崎五兵衛《いわさきごへえ》。

志乃の父親の名である。武辺一辺倒の男で、四百人におよぶ小十人衆の中でも十指に数えられるほどの武芸の達者だった。そんな父親の指導のもとに、志乃は七歳のころから小太刀の稽古をさせられたのである。

志乃が十八のとき、父の五兵衛は卒中で他界、翌年には母の佐知《さち》も心ノ臓の発作でこの世を去った。ひとり残された志乃は、五兵衛の上役の紹介で、南町奉行所の隠密同心・吉見伝四郎のもとに嫁いだのである。

志乃がそこまで語ったとき、日本橋石町《こくちょう》の時の鐘が六ツ（午後六時）を告げはじめた。

「きたぜ」

幻十郎があごをしゃくった。鬼八が入ってきたのである。衝立の陰の二人の姿を見つけて、鬼八はつかつかと歩み寄り、軽く二人に会釈して腰を下ろした。

「どんな様子だ？」

「へい」

とうなずいて一呼吸おくと、志乃が注いだ酒を一気に呑み干して、

「青柳徳之助は女の家におりやす」

「女？」

「深川の茶屋につとめていた、お仙《せん》という女で」

青柳は一年ほど前から、そのお仙という女を神田三河《みかわ》町の油問屋『近江屋《おうみや》』方の借家に囲っているという。

「井原は？」

「向こう両国の『杵屋《きねや》』って水茶屋で遊んでおりやす」

向こう両国とは両国橋の東詰、つまり本所側のことをいう。向こう両国の尾上《おのえ》町や回向院《えこういん》の周辺には、水茶屋や料理茶屋、居酒屋、淫売宿《いんばいやど》などがひしめき、西側の両国広小路に勝るとも劣らぬ盛り場として殷賑《いんしん》をきわめていた。

「よし」

幻十郎はふところから小判を二十枚取り出して、

「仕事料だ。今回はたっぷりはずんでくれたぜ」

にやりと笑いながら、鬼八と志乃に十両ずつ手渡した。その額の大きさに二人は思わず息を呑んで顔を見交わした。一拍の間をおいて、志乃が思い直すように、

「で、旦那は……？」

「青柳を殺《や》る」

「じゃ、わたしは井原を」

「うむ……。鬼八、おめえにはもうひと働きしてもらいてえんだが」

「へい。何なりと」

「北町与力の峰山文蔵と『甲州屋』嘉兵衛の居場所を調べてくれ」

「わかりやした」


低く応えて、鬼八は腰を上げた。


緋縮緬《ひちりめん》の夜具の上で、全裸の男と女がからみ合っている。

男は鉄砲方与力・青柳徳之助、その下で喜悦の声を上げている女は、お仙である。歳のころは二十一、二、見るからに男好きのする派手な面立ちの女だ。

お仙のたわわな乳房を口にふくみながら、青柳は右手の指先で執拗《しつよう》に秘所をなぶっている。肌を合わせてから四半刻ほどたつのに、青柳は一向にその行為をやめなかった。

お仙はじれてきた。下腹に手を伸ばして、青柳の一物を軽くにぎってみた。ぐんにゃりと萎《な》えている。二、三度しごいてみたが、屹立《きつりつ》する気配はまったくない。

「どうしたんですか、旦那」

「ん？」

「今夜は元気がないじゃありませんか」

「べつに……、いつもと変わらん」

とはいったものの、やはり気が乗らなかった。頭の中から、昨夜の寄場の火事のことが離れないのである。

「失火であろう。曲淵どのには気の毒なことだが、わしらはすでに三十挺分の部品を手に入れている。それだけでも〝良し〟としなければ——」

組頭の田之倉外記はそういったが、失火にしてみれば火災の規模が大きすぎた。一万六千三十坪におよぶ寄場の敷地内の建物がほぼ全焼したのである。そこまで火が広がる前に、なぜ火を消しとめられなかったのか。

（ひょっとしたら？）

という思いが、青柳の脳裏をかすめた。

（付け火かもしれぬ）

しかし、いったい何者が？　何の目的で火をかけたのか？

火事の混乱に乗じて、数十人の人足が逃亡したことを考えると、暴動という可能性もある。だとすれば、偶発的に起きた暴動なのか、それとも誰かが煽動《せんどう》したのか。

とめどなく疑念がわき起こってくる。

「旦那」

業《ごう》を煮やして、お仙がむっくり起き上がった。

「今度は、あたしが——」

といって青柳の前に両膝をつくと、やおら上体をかがめて青柳の股間に顔を埋めた。

青柳は黙っている。お仙は萎えた一物を指でつまんで口にふくむと、唇をすぼめてゆっくり出し入れしはじめた。その動きに合わせて青柳も腰を振る。お仙の口の中で萎えた一物がしだいに膨張《ぼうちょう》してきた。お仙の口の動きが速くなる。

「う、うう……」

青柳がうめき声を発した。体の奥底から峻烈《しゅんれつ》な快感がこみ上げてくる。

「だめ……、だめですよ、まだ……」

いいながら、お仙は立ち上がり、青柳の膝の上にまたがると、屹立《きつりつ》した一物をつまんでゆっくり腰を落とした。垂直に怒張した一物が、お仙の秘所に深々と埋まってゆく。

青柳は両手でお仙の尻をつかみ、激しく上下させた。髪を振り乱して、お仙も膝を屈伸させる。

「あ、ああ……」

白い喉をそり返らせて、お仙がよがり声を上げる。青柳の息づかいも荒い。

「だ、旦那……、ああ、だめ……」

「わ、わしも……、果てる！」

お仙の中で熱いものが炸裂した。青柳の体が弛緩《しかん》する。下腹を密着させたまま、お仙は骨がきしむほどの力で、青柳の背中を抱きしめた。


青白い月明かりが、冷え冷えと降り注いでいる。

青柳徳之助は、寒そうに肩をすぼめながら、家路を急いでいた。お仙との情交の余韻も充足感もなかった。何か虚しい。心の中に寒風が吹きすさんでいる。

(あれは付け火だ)

どうしてもその疑念が頭から離れなかった。

寄場の焼け跡から曲淵勘解由の焼死体が見つかったと聞いたが、それも不可解だった。出火元が人足長屋だとすれば、逃げる機会はいくらでもあったはずである。

(何者かが曲淵を殺して火をかけたのではないか)

考えれば考えるほど、青柳は疑心暗鬼の底なし沼にはまり込んでいった。一つ疑い出すと疑惑は際限なく広がってゆく。やがてそれは恐怖心に変わっていった。

――つぎにねらわれるのは、自分たちではないか。

不吉な予感と同時に、背筋に冷たいものが奔《はし》った。目に見えぬ敵の影がひたひたと身辺に迫っているような気がした。

「やくたいもない」

青柳は自嘲の笑みを浮かべ、思い直すように首を振って歩度を速め、三河町の路地から鎌倉河岸《かまくらがし》に出た。そのときである。

前方の闇に忽然《こつぜん》として人影が浮かび立った。青柳は思わず歩を止めて闇を透かし見た。

着流しの長身の浪人者がふところ手で、大股にこっちに向かって歩いてくる。

夜五ツ（午後八時）をすぎると、このあたりはぱたりと人影が絶えて、不気味な闇に領される。そんな場所でふいに人に出会ったりしたら誰でも不安になるだろう。

青柳は用心深く歩を踏み出した。浪人者も歩度をゆるめず近づいてくる。

侍同士が道で行き合った場合、刀の鞘当てを避けるために、互いに左に寄って道を開けるのが武士のしきたりであり、礼儀である。

ところが、浪人者はよける気配もみせぬどころか、青柳に向かって真っ直ぐ突き進んでくる。まるで正面からぶつからんばかりの勢いである。青柳は足を止めて浪人者をにらみつけた。

「武士の礼儀を知らんのか、貴様」

浪人者が足を止めた。幻十郎である。無言で青柳を見返した。

「道を開けろ」

「この道は、ここで行き止まりだぜ」

「なに」

「貴様には、もう帰る道はない」

幻十郎はおもむろにふところから両手を抜いた。

「き、貴様、何者だ！」

「死神だ。竹内平四郎の回向をさせてもらうぜ」

「竹内！」

青柳の顔が凍りついた。

「そうか、貴様が……。おのれ、曲者ッ！」

わめきながら抜刀した。幻十郎は両手をだらりと下げたまま微動だにしない。

青柳は刀を正眼に構えた。目は幻十郎の右手につけている。

撃剣《げきけん》の基本は相手の籠手《こて》をねらうことである。おのれの手からもっとも近い距離にある籠手をねらって打ち込み、まず相手の攻撃を封じ込めるのが、いわゆる「先《せん》の先」を取る斬撃である。青柳の構え、目付けはまさにそれだった。幻十郎が抜くと同時に籠手をねらうつもりであろう。その隙のない構えに技量が見えた。かなりの手練《てだれ》といっていい。足をすりながら間合いを詰めてくる。

幻十郎はわずかに右足を引いて腰を落とした。両手はだらりと下げたままである。これは「後の先《ごせん》」を取るための「無構《むがま》えの構え」である。剣に覚えのある者から見れば、まったくの無防備に見えるはずである。それがこの構えのねらいなのだ。

青柳はじりじりと足をすって右に廻り込んだ。間合いはおよそ一間（約一・八メートル）、一足一刀の距離にちぢまっている。だが、幻十郎はまったく動かない。

両者のあいだに息づまるような緊迫感が張り詰めた。

少時、無言の対峙《たいじ》がつづいたあと、青柳の右足《うそく》が間境《まざかい》を越えた。と見た瞬間、

「たあッ」

裂帛《れっぱく》の気合を発して斬り込んできた。これは幻十郎に刀を抜かせるための「見せ太刀」である。抜いた瞬間、すぐさま刀を返して幻十郎の籠手をねらうつもりなのだ。

だが、幻十郎は抜かなかった。横に跳んで切っ先を見切っただけである。

青柳はあわてて手首を返し、左から逆袈裟に斬り上げた。これは完全に青柳の思惑をはずれた一刀だった。「見せ太刀」をはずされたために、「先の先」が一瞬にして後手に廻ってしまったからである。逆袈裟に斬り上げた刀が空を切り、青柳の腰が伸び切ったところへ、一歩踏み込んだ幻十郎が抜く手も見せず、

しゃっ！

紫電の一閃《いっせん》を放った。青柳の腹が割れた。ドッと血が噴き出し、腹の裂け目から白

いはらわたが飛び出した。一瞬、両者の動きが止まった。青柳は信じられぬような顔で、腹の裂け目から飛び出したはらわたを見つめている。噴き出した血が袴《はかま》の中を伝って足元に流れ落ち、みるみる地面にどす黒い血溜まりを作った。

「よ、寄場に火をかけたのは……、貴様か……？」

棒立ちになったまま、青柳があえぎあえぎいった。

「そうだ」

「だ、誰の……、差し金だ？」

「いまさらそれを聞いても、貴様には関わりあるまい」

冷然といい捨てて、幻十郎は刀を鞘に納めた。鍔鳴《つばな》りと同時に、青柳の体がぐらりとゆらいだ。二、三歩よろめき、そのまま前のめりに地面に倒れ伏した。

幻十郎はもう背を返して歩き出している。

3

同じころ――。

本所尾上町の盛り場の雑踏の中に、志乃の姿があった。

通りの両側には料理茶屋、待合茶屋、水茶屋、小料理屋、曖昧宿《あいまいやど》などが立ち並び、軒につらなる掛け行灯や提灯がおびただしい光を撒《ま》き散らしている。

賑々《にぎにぎ》しい三味《しゃみ》音曲、女たちの甲高い嬌声《きょうせい》、男どもの下卑《げび》た高笑いなどが、絶え間なく流れてくる。

水茶屋『杵屋』は、尾上町の南はずれにあった。二階建ての桟瓦葺《さんがわらぶ》き、間口は七間ほどで、入り口と落間《おちま》のあいだは籬《まがき》で仕切られ、窓には紅殻《べんがら》格子がはめられている。吉原遊廓の妓楼《ぎろう》を彷彿《ほうふつ》とさせる派手やかな造作である。建物の南側には竪川《たてかわ》が流れており、道もそこで行き止まりになっている。

志乃は竪川の土手の柳の木陰に身をひそめて、『杵屋』の出入口に目をやった。鬼八の話によれば、井原源吾は七ツ半（午後五時）ごろ『杵屋』に入ったという。それからすでに一刻半（三時間）がたっている。酒を呑み、茶屋女と房事を楽しんだとしても、そろそろ姿を現すころである。

待つこと四半刻、『杵屋』の籬の奥から、仲居に送られて一人の武士が出てきた。そのあとから番頭らしき男が腰を低くして、

「井原さま、お差料を――」

と二刀を差し出した。志乃はその声を聞き逃さなかった。井原源吾にまちがいない。

「またのお越しをお待ちしております」

仲居の愛想笑いに送られて、井原はふらりと歩を踏み出した。

志乃が身をひそめている柳の木の前を、井原は足早に通りすぎていった。すかさず志乃がそのあとを跟《つ》ける。井原は尾上町の前（東側）の元町《もとちょう》の路地に足を向けた。

その路地を抜けると、竪川の河岸通りに出る。

井原は一ツ目橋を渡り、お船蔵《ふなぐら》の前の通りを南をさして歩いてゆく。

道の右（西側）には、お船蔵の長大なまこ塀がつらなり、左手（東側）には大小の寺社や幕臣の小屋敷が櫛比《しっぴ》している。灯影《ほかげ》もまばらな閑静な地で、往来する人影もほとんどない。志乃は足を速めて井原との距離をちぢめた。

気配に気づいて、井原がちらりと振り返った。志乃がすぐ背後に迫っている。

「わしに何か用か？」

足を止めて、井原がけげんそうな目で志乃を見た。

「いえ、べつに……、これからお店に出るところです」

「店？」

「この先の小料理屋で下働きをしてますので」

志乃が微笑《わら》ってみせた。ぞくっとするほど色っぽい笑みである。

「何という店だ」

「薊屋《あざみや》と申します。よろしかったら、お立ち寄りになりませんか」

「うむ」

井原の顔に好色な笑みが浮かんだ。

「案内《あない》してくれ」

「では」

井原のかたわらをすり抜け、志乃は先に立って歩きはじめた——と見せざま、いきなり翻転して井原の正面に向き直ると、帯に差した朱塗りの笛の仕込み小太刀を右逆手に持って引き抜き、身幅七分の平造りの刃を、井原の喉元めがけて一閃させた。胡《こ》蝶《ちょう》の舞にも似た優美でしなやかな身のこなしである。

（あっ）

ふいを衝《つ》かれて、井原はかわすこともできなかった。

糸を引くように一筋の血が闇を奔《はし》った。井原の喉が深々と切り裂かれている。志乃は仕込み小太刀を笛の鞘に納め、能面のように表情のない顔で井原を射すくめた。

「——な、なぜだ？」

裂かれた喉の奥から、かろうじて声が洩れた。

「竹内平四郎さまの仇ですよ」

「竹内の……、仇……」

息も絶え絶えに井原が見返した。首の裂け目から音を立てて血が噴き出している。

「ご同役の青柳徳之助がお待ちしておりますよ」

「あ、青柳が……?」

「地獄の底で」

冷ややかにいい捨てると、志乃はひらりと裳裾《もすそ》をひるがえして歩き出した。一拍の間をおいて、背後でドサッと音がした。井原が地面に倒れ伏したのである。

振り向きもせず、志乃は足早に闇の深みに消えていった。

ちょうどそのころ、『甲州屋』嘉兵衛と北町与力・峰山文蔵が、浅草橋場の『甲州屋』の寮で密会しているという情報を鬼八から得た幻十郎は、寝静まった蔵前通りを橋場に向かって歩いていた。


「それにしても、えらいことになりましたな」

苦々しくつぶやきながら、嘉兵衛が峰山文蔵の酒杯に酒を注いだ。昨夜の寄場の火事の件である。酌を受ける峰山の顔も苦い。

「あの火事で何もかも目算が狂った」

「で、田之倉さまは、何と……?」

「三十挺分の部品が手に入っただけでも〝良し〟としなければといっておったが、しかし、その部品がすべて使い物になるとはかぎらぬ。せいぜい二十挺が限度であろう」

「二十挺ですか」

嘉兵衛は露骨に不満そうな顔をした。

「一挺百両として二千両。当初の見積もりの五分の一だ。田之倉さまが千両、わしとそちは五百両ずつという配分になるだろうな」

「今回の仕事、大仕掛けのわりには、大した儲けにはなりませんでしたな」

嘉兵衛が皮肉に笑った。

「それより甲州屋」

飲み干した酒杯を膳の上に置いて、峰山は険しい顔で嘉兵衛を見た。

「五郎蔵殺しの一件、配下の同心が探索をつづけているのだが、下手人の目星はおろかいまだに手がかり一つつかめぬ」

「船戸一家の残党の仕業ということは……？」

「むろん、それも調べている。船戸一家の縄張内《しまうち》には、大道芸で身すぎをしている浪人者が六、七人いる。そやつらを洗いはじめた矢先に昨夜の火事だ。しかもその火事で曲淵どのも焼け死んだ。五郎蔵殺しと寄場の火事、どうもただの偶然とは思えんのだ」

「と申されますと？」

「わしらの企みを知った者の仕業かもしれぬ」

嘉兵衛の顔に戦慄が奔った。

「まさか、ご公儀の探索方が……」

「いや、それはあるまい。公儀の探索方が寄場に火をかけるような手荒い真似をするとは思えぬ。やるとすれば――」

そこで言葉を切って、峰山は空の酒杯に酒を注いだ。嘉兵衛は息をつめてつぎの言葉を待っている。注いだ酒を一口ぐびりと呑んで、峰山が、

「松代藩の密偵だ」

ずばりといった。嘉兵衛の顔からさっと血の気が引いた。

「も、もし、そうだとすると……」

「つぎにねらわれるのは、わしらだ」

「そんな馬鹿な……！」

嘉兵衛の声が上ずった。

「わずか五百両の金で命を取られたのでは間尺《ましゃく》に合いません。手前はいますぐこの仕事から手を引かせてもらいます」

「わしも同じ思いだ。命あっての物種《ものだね》、このさい田之倉さまとはきっぱり縁を切ろうと思っておる」

苦り切った顔で、峰山は酒杯を口に運んだ。嘉兵衛も黙ってしまった。二人の胸中にあるのは、欲につられて田之倉の無謀な企てに加担してしまったことへの深い悔悟

の念と、姿の見えぬ敵に対する恐怖心だった。

しばらく重苦しい沈黙がつづいたあと、気を取り直すように嘉兵衛が、

「いまさら悔やんでも致し方ございません。ささ、験直《げんなお》しにたんと召し上がってくださいまし」

峰山の酒杯に酒を注いだ。すでに三本の銚子が空になっている。嘉兵衛がパンパンと手を叩いて下男を呼んだ。だが、応答がない。

「伊助、……伊助」

大声で呼んでみたが、返事も返ってこない。妙だな、とつぶやきながら腰を上げて、

「ちょっと様子を見てまいります」

襖《ふすま》を引き開けて、嘉兵衛は廊下に出た。廊下の突き当たりが勝手である。

「伊助」

と声をかけながら、勝手に足を踏み入れた。

土間の竈《かまど》にかけられた鉄鍋《てつなべ》が、シュンシュンと音を立てて湯をたぎらせている。

炊事場の調理台の上には、料理を盛りつけた小鉢や皿が並べられ、すぐにでも運べる支度がととのっていたが、伊助の姿は見当たらなかった。

勝手口の木戸が半開きになったまま、ぎしぎしと揺れている。

（手洗いにでも行ったか）

と思いつつ、ふと土間のすみに目をやった瞬間、嘉兵衛の顔が凍りついた。猿ぐつわを咬まされ、荒縄でうしろ手にしばられた初老の男が転がっている。下男の伊助だった。当て身を食わされたらしく、気を失っている。

「い、伊助ッ！」

仰天して踵《きびす》を返そうとすると、突然、暗がりから怪鳥《けちょう》のように人影が飛び出してきて、いきなり背後から口をふさがれた。黒布で面をおおった幻十郎だった。

「うっ、ううう……」

必死に身をもがく嘉兵衛の顔が、ふいに間延びしたように弛緩した。

幻十郎の脇差《わきざし》が嘉兵衛の右脇腹をつらぬいたのだ。弛緩したのは顔だけではない。全身の筋肉が緩《ゆる》んでいた。両手をだらりと垂らし、両膝を折るようにして、どしんと尻餅《しりもち》をつくと、そのままぴくりとも動かなくなった。

「どうした？　嘉兵衛」

廊下の奥から、峰山の声がひびいた。

幻十郎は脇差を鞘に納めて、忍び足で奥の部屋に歩を進めた。

「嘉兵衛、どうかしたのか！」

声とともに、襖ががらりと引き開けられ、大刀をわしづかみにした峰山が飛び出してきた。幻十郎は足を止めて、廊下に仁王立ちした。

「貴様は……！」

峰山が目を剝いた。人の目は心を表すというが、峰山の目は心を持たない冷血動物のそれだった。蛇の目である。幻十郎はあらためてこの男の酷薄さを知った。嫌悪した。

「年貢《ねんぐ》の納めどきがきたようだぜ、峰山さん」

「き、貴様、なにやつ！」

「死神。……冥府《めいふ》の刺客だ」

「ほざくな！」

峰山が抜刀した。

幻十郎は例によって両手を下げたまま、佇立《ちょりつ》している。

峰山は刀を中段に構えた。足をすって寸きざみに間合いを詰めてくる。幻十郎はわずかに左足《さそく》を引いて左半身に構え、やや腰を落とした。居斬り腰である。その構えを見て、峰山がにやりと嗤《わら》った。自信満々の笑みである。その自信が峰山の不幸だった。

屋内での斬り合い、それも幅一間（約一・八メートル）ほどのせまい廊下での斬り合いとなれば、おのずから体の動きが制限される。左右の動きは封じられ、前進か後退あるのみである。したがって「先の先」の斬撃が有利になる。――と峰山は読んだのだろう。

猛然と斬りかかってきた。いや、斬りかかるというより、凄まじい勢いで突いてきたのである。まさしくそれは「先の先」を取る刺突の剣だった。これをかわすにはうしろに跳ぶしかない。ところが……、

つぎの瞬間、信じられぬことが起こった。幻十郎が右横に跳んだのである。同時にバリッと音がして、幻十郎の姿が消えた。

なんと右の襖を体当りで突き破り、次の間に飛び込んだのである。これは峰山が予想もしなかったことだった。飛び込みながら、幻十郎は抜きつけの一刀を、峰山の腕に送りつけていた。

刀をにぎったまま両断された峰山の腕が、高々と舞い上がり、天井に突き刺さった。

幻十郎はすぐさま体を返して、襖の破れ目から廊下に飛び出すと、体の均衡を失ってたたらを踏む峰山の背中に、袈裟がけの一刀を浴びせた。

「わッ！」

峰山は悲鳴を上げてのけぞり、どすんと音を立てて仰向けに廊下に転がった。切断された両腕から凄い勢いで血が噴出している。たちまち廊下が血の海と化した。

カシャ。

幻十郎は刀を逆手に持ち替え、呻吟《しんぎん》しながら廊下を転げまわる峰山を、冷ややかに

見下ろした。あの傲岸《ごうがん》な峰山の姿は、もはや見る影もない。情けなくぶざまな姿である。

「楽にしてやるぜ」

いいざま、逆手に持ち替えた刀を垂直に振り下ろした。切っ先が峰山の左胸をつらぬいた。一瞬、峰山の全身に激しい痙攣が走ったが、すぐに止まった。両眼をカッと見開いたまま、声もなく峰山は絶命した。

4

「残るは、田之倉外記ひとりか……」

『風月庵』の縁側の陽溜まりで茶をすすりながら、市田孫兵衛が満足げにつぶやいた。かたわらで幻十郎が黙々と刀を研いでいる。

一片の雲もなく晴れ渡った空。おだやかな午後の陽差しが降りそそいでいる。

「ところで、死神」

湯飲みを縁側に置いて、孫兵衛が向き直った。

「寄場で作られた〝気炮〟の部品は、三十挺分だと申したな?」

「ええ」

幻十郎が手を止めて見返った。

「そのうち五挺が完成したそうです」

「田之倉の屋敷にあるのか」

「おそらく」

「完成した銃はもとより、部品の一個たりとも外に出してはならぬ、すべて始末せよ、と楽翁さまは申されていたが……」

「ご懸念無用。すでに手はずはととのっています」

「どうするつもりじゃ？」

「それは秘中の秘。いまは申し上げられませんな」

意味ありげに笑い、幻十郎はふたたび刀を研ぎはじめた。孫兵衛は苦笑した。

「おぬしは何を仕出かすかわからん男じゃ」

まるでやんちゃ坊主に語りかけるような口調である。そして、ぽつりといった。

「それが怖い」

「怖い？」

「ときおり、そう思うことがある。……おぬしのような男を敵に廻したら怖いとな」

孫兵衛は真顔になっている。

人を怖いと思うのは、人を信じないということである。

その意味では、幻十郎の胸中にも同じ思いがあった。金で人の命をやりとりしている以上、依頼者側、すなわち松平楽翁にも負い目があり、うしろめたさがある。自分に都合の悪い事態が起きれば、一瞬の遅疑《ちぎ》もなく幻十郎を切り捨てるだろう。楽翁がそういう人物であることは百も承知だった。だから幻十郎は心底から楽翁を信じてはいなかった。そして、いまもその気持ちに変わりはない。

「――だがな」

孫兵衛がおだやかな笑みを浮かべながら、

「わしの目の黒いうちは、おぬしを敵に廻すようなことは金輪際《こんりんざい》あるまい」

幻十郎の胸中を見透かしたようにいった。わしを信じてくれといいたげな表情である。

「その言葉、肝《きも》に銘じておきましょう」

幻十郎が笑っていい返すと、孫兵衛は大きくうなずいて腰を上げ、

「では、頼んだぞ」

といいおいて、飄然《ひょうぜん》と去っていった。その丸い大きな背中に、幻十郎は父親のような温もりを感じた。孫兵衛は人の痛みをおのれの痛みとして感じる心、すなわち人の「情」を持っている。

殺しの依頼者・松平楽翁と請け負い人の幻十郎をつないでいる一本のか細い糸、い

つ切れてもおかしくないその細い糸を、その危うい関係を、かろうじてつなぎ止めているのは孫兵衛の「情」なのかもしれない。ぼんやりそんなことを考えながら、幻十郎は研ぎ上がった刀を鞘に納めた。

いつの間にか陽が翳《かげ》り、薄い雲が空をおおっていた。

六ツ（午後六時）をすぎたころ、使いに出ていた歌次郎が大きな風呂敷包みを背負ってもどってきて、いつになく興奮した面持ちで、

「さすがは鬼八さん、注文の品を欠かさずそろえてくれましたよ」

いいながら、幻十郎の前で風呂敷包みを広げた。

中身は和紙で作られた直径一寸（約三センチ）ほどの円筒状の物が十数本、黒い紐《ひも》状の物が数束——煙硝《えんしょう》（爆薬）と導火線である。どこで手に入れてきたものか、この物騒な品々を『四つ目屋』の鬼八は、わずか一刻（二時間）ほどで取りそろえてきたという。

「世間の裏の裏を知りつくした男だからな。鬼八に頼めば、手に入らねえ物はねえさ」

「感服いたしやした」

額をぴしゃりと叩いて、歌次郎は剽《ひょう》げてみせた。

「あとは天気しだいだな」

立ち上がって、庭に面した障子を引き開け、幻十郎は気がかりな面持ちで暗い空を

見上げた。灰色の雲が分厚く垂れ込めている。月も星もない闇夜である。田之倉の屋敷に潜入するには願ってもない空模様だが、雨に降られたら煙硝が使えなくなる。それだけが気がかりだった。

「二、三刻はもつでしょう」

歌次郎がいった。

「早めに出たほうがいいかもしれねえな」

「わかりやした。じゃ、すぐに夕飯の支度を」

風呂敷を包み直すと、歌次郎は勝手へと去り、夕飯の支度に取りかかった。

幻十郎は自室に入り、身支度をととのえた。例によって着物の下に鎖帷子《くさりかたびら》を着込み、黒革の手甲脚絆《てっこうきゃはん》をつけ、裁着袴《たっつけばかま》をはく。厳重な身ごしらえである。

小石川富坂町の田之倉外記の屋敷は、この日、夜に入ってから厳重な警戒網に囲まれていた。人足寄場の火事で奉行の曲淵勘解由が焼死した翌日、配下の鉄砲方与力・青柳徳之助と井原源吾が何者かに斬殺され、さらには北町与力の峰山文蔵と『甲州屋』嘉兵衛が殺された。どう考えても五人の殺害事件が偶然であるわけはなかった。さすがに田之倉もおのれの身に危機が迫りつつあることを悟り、この夜から警備を強化することにしたのである。

身辺の警護には、配下の与力の中からとくに腕の立つ者を二名選《よ》りすぐり、寝所には四名の同心、奥向きには五名、表門と裏門には三名ずつを配し、土蔵には二名の不寝番をつけた。まさに鼠《ねずみ》一匹這い入る隙のない、万全の警備態勢である。

戌《いぬ》の下刻（午後九時半）――。

水戸徳川の上屋敷の東にある広大な火除け地に、忽然《こつぜん》として二つの人影が現れた。

一人は塗笠をかぶった幻十郎である。もう一人は紺看板《こんかんばん》に格子の単衣《ひとえ》、膝頭《ひざがしら》に三角の膝座布団をつけた中間《ちゅうげん》ふうの男――歌次郎である。背中に例の風呂敷包みを背負っている。

二人は火除け地から富坂町の武家地に足を向けた。道の両側には大小の旗本屋敷が塀をつらねている。どの屋敷もすでに門扉を固く閉じて寝静まっていた。

武家地の路地を抜けて、田之倉の屋敷の裏道に出たところで、先を行く幻十郎が足を止めた。裏門の門扉の隙間からかすかな明かりが洩れている。

「張り番ですか」

背後で歌次郎がささやくような声でいった。

幻十郎は無言でうなずいた。もとより屋敷内の警備が強化されていることは計算済みだった。おそらく配下の与力同心を総動員して、屋敷内のいたるところに警備網を張りめぐらしているにちがいない。

「おめえはここで待っててくれ」

築地塀《ついじべい》の角に歌次郎を待機させせると、幻十郎は腰の大刀を引き抜いて下げ緒を伸ばし、刀を塀に立てかけて右足の爪先を刀の鍔にかけた。それを足がかりにして塀の上によじ登り、下げ緒を引いて刀を吊り上げると、音もなく塀の内側に飛び下りた。

トン。

着地と同時に植え込みの陰に身をひそめ、すばやく四辺の闇を見廻した。

警備の人影は見当たらない。塀の下の闇溜まりを、背をかがめて走る。ほどなく前方の闇に小さな明かりが見えた。裏門の警備の明かりである。闇に目をこらして見ると、門のわきに三人の同心が立っていた。一人が提灯《ちょうちん》を下げている。

足音を消して裏門の手前の大欅《おおけやき》の陰に走り込んだ。門まではおよそ五、六間、そこから先には身を隠すような遮蔽物《しゃへいぶつ》がない。幻十郎は大欅の根方にひざまずき、小石を拾い上げてポンと放り投げた。

一人が音に気づいて振り向いた。提灯を下げた同心である。

「どうかしたのか？」

べつの一人がけげんそうに訊いた。

「あのへんで音がした。様子を見てくる」

提灯をかざしながら、同心がゆっくり歩を踏み出した。

幻十郎はそろっと刀を引き抜き、左逆手に持って身構えた。

提灯の明かりが近づいてくる。

目の前に同心の影がよぎった。――と見た瞬間、すくっと立ち上がった幻十郎が、いきなり右腕を伸ばして同心の襟首《えりくび》をわしづかみにし、大欅の陰に引きずり込んだ。と同時に、左逆手に持った刀で同心の胸を突き刺した。声を発する間もない一瞬の早業だった。

だらりと垂れ下がった同心の手から、すばやく提灯を奪い取ると、右腕に抱え込んだ同心の死体を足元に横たわらせ、奪った提灯を大欅の枝にぶら下げた。

「おい、どうした？」

闇の奥から声がした。朋輩《ほうばい》の声である。二人が立っている場所からは、提灯の明かりしか見えないはずである。

「妙だぞ」

もう一人の声がした。

二人がこっちに向かってくる。足音が接近してきた。幻十郎は刀を右手に持ち替えた。

提灯の淡い明かりの中に、二人の同心の姿が浮かび立った。

刹那、大欅の陰から飛び出した幻十郎が、二人に向かって突進した。ふいを衝かれて立ちすくむ一人を逆袈裟に斬り上げ、返す刀でもう一人の首を横薙ぎに切り裂いた。神速《しんそく》の二人《ににん》斬りである。

ぐらりと二人の体が揺れて、声もなく地面に倒れ伏したときには、もう幻十郎は裏門に向かってまっしぐらに走っていた。

太いかんぬきをはずし、門扉を左右に引き開ける。築地塀の角で待ち受けていた歌次郎が、風呂敷包みを背負って小走りに駆け込んできた。

二人は築地塀にそって北に走った。

庭の奥の土蔵の裏に走り込む。幻十郎は手を上げて歌次郎に待機の指示を与えると、土蔵の壁ぞいにゆっくり歩を進め、土蔵の角からそっと首を突き出して戸口に目をやった。そこにも提灯を下げた二人の同心が立っていた。

幻十郎は腰を落としてひざまずいた。右膝を立て、左膝を地面につけて十分に間を取ったところで、屈曲させた両膝を発条《ばね》のようにはじかせて一気に跳躍した。

ふわっ、と幻十郎の体が宙に舞った。さながら大鴉《おおがらす》の飛翔《ひしょう》だった。

次の瞬間、土蔵の戸口に立っている二人の同心の前に、突如として、幻十郎の黒い影が下りたった。二人の目には、突然、影が降ってきたと映ったであろう。虚を衝かれて棒立ちになる二人に、幻十郎の抜きつけの一閃が飛んだ。横薙ぎの一刀である。

驚くべきことに、その一刀で一人が腹を裂かれ、もう一人が喉を突かれて、声もなく倒れ込んでいた。一刀二人斬りの離れ業だった。並はずれた膂力《りょりょく》と速さを必要とするこの刀術は、修業で習得したものではない。幻十郎の生得《しょうとく》の天稟《てんぴん》である。

地べたに転がった提灯がめらめらと燃え上がっている。

幻十郎は土蔵の戸を引き開けると、飛び出してきた歌次郎をうながして、すばやく中に踏み込んだ。掛け燭の明かりが土蔵の内部をぼんやり照らし出している。

山積みの木箱の一つを開けて見た。〝気炮〟の部品がぎっしり詰まっている。土蔵の奥にそれらの木箱とは明らかに形状のちがう、ひときわ頑丈そうな箱があった。それも開けて見た。完成した五挺の〝気炮〟が納められていた。

「これで全部ですね」

歌次郎が小声でいった。

「いや、どこかにもう一挺あるはずだ」

片岡京助が造った銃である。それが見当たらない。

「田之倉の手元にあるにちがいねえ。歌次、あとは頼んだぜ」

いいおいて、幻十郎はひらりと出て行った。歌次郎は背中にしょっていた風呂敷包みを下ろして、包みの中から円筒状の煙硝を取り出すと、一本一本を土蔵の壁ぎわに置いてゆき、それらを導火線でむすびはじめた。三十挺分の〝気炮〟の部品と完成した五挺の〝気炮〟を土蔵ごと吹き飛ばす作戦である。

5

がらり。

湯殿の戸が引き開けられ、白い寝衣をまとった田之倉外記が、首のあたりからほんのりと湯気を立ち昇らせながら出てきた。すると、廊下の暗がりに待機していた警護の与力が二人、すっと歩み寄り、無言で田之倉の両脇についた。

二人に警護されて、田之倉は中廊下の奥に向かった。

中廊下の突き当たりを左に曲がって、寝所の前に出る。襖の前に警備の同心四名が塑像のように座っていた。

「変わった様子はないか？」

「はっ。つい今し方、お美和《みわ》さまがお入りになられました」

同心の一人が応えた。お美和とは田之倉の愛妾《あいしょう》のことである。

「そうか」

田之倉は口元に好色な笑みをにじませながら、護衛の二人の与力に命じた。

「そのほうたちは、しばらく屋敷の外を見廻ってくれ」

「はっ」

一礼して二人が立ち去ると、警備の四人の同心に、

「すまぬが、そちたちも半刻（一時間）ほど外してもらえぬか」

と命じた。四人の同心は思わず顔を見交わした。これほどの厳戒態勢をしいておきながら、田之倉はみずからそれを解除して愛妾との閨事《ねやごと》にうつつを抜かそうというのである。四人は気抜けしたように立ち上がり、ぞろぞろと去ってゆく。

（何も、こんなときに……）

という態度がありありと見えた。

もっとも、田之倉にしてみればこんなとき、、、だからこそ、なおさら欲情がそそられるのである。姿の見えぬ刺客にいつ襲われるかもしれぬ不安、怯《おび》え、恐怖。ひりひりした緊迫感の中でお美和を抱いたら、どれほどの快楽が得られるだろうか、想像しただけで股間が熱くなってくる。

襖を引き開けて、部屋の中に足を踏み入れた。さらにその奥の寝間の襖を引く。豪華な緋緞子《ひどんす》の夜具の上に、若い女が顔を壁に向けて横たわっていた。愛妾のお美和である。枕辺に置かれた丸行灯がなまめかしい明かりを散らしている。

田之倉が寝衣をはらりと脱ぎ捨てた。下は素っ裸である。するりと夜具に体をすべり込ませ、掛け布団をはね上げた。お美和が体を反転させた。目にしみるような緋縮《ひち》緬《りめん》の長襦袢《ながじゅばん》姿である。しごきをほどいて、長襦袢の前を大きく広げた。

下には何も着けていない。一糸まとわぬ全裸である。抜けるように肌が白い。股間に茂る黒い秘毛が、その白さをいっそうきわ立たせている。

お美和は、屋敷に出入りしている呉服問屋『京屋』のひとり娘である。十八のときに父親に勧められて田之倉家に行儀見習いに上がったのだが、その美貌に惚れ込んだ田之倉が側女《そばめ》に召し上げたのである。

田之倉がいきなり乳房をわしづかみにして、がぶりと口にふくんだ。お美和は目を閉じてなすがままになっている。乳房を口にふくみながら、舌先で乳首を愛撫する。

「怖い……」

お美和がぽつりといった。

「怖い？」

田之倉が上目づかいに見た。

「何が怖いのだ？」

「――曲者です」

「ふふふ、怖いのは、わしとて同じだ」

「気がいきません」

お美和がかぶりを振った。

「わしは、ぞくぞくしておる」

田之倉の右手がお美和の股間に伸びた。指先が秘所の肉ひだをかきわけて、壺の奥へと侵入してゆく。執拗《しつよう》な愛撫をつづけながら、お美和の耳元でささやくようにいった。

「賊はどこかでわしらの睦《むつ》みごとを見ているやもしれんぞ」

「そんな……、怖いことを」

怯《おび》えるようにひしとしがみついてきた。

「こうして重なっているところを、賊の刃《やいば》にぶすりとつらぬかれたらどうなる？」

「お殿さま――」

「わしもおまえも血みどろだ。血にまみれながら睦み合うのも一興ではないか」

「嫌です。おやめください。そんな怖い話は……」

「ふふふ、そういいつつ、ほれ、こんなにも濡れてきたではないか」

お美和の秘所をなぶりながら、田之倉は奇妙な妄想にとらわれていた。賊に刺されてみたいと思った。刺されて死ぬ瞬間の感覚は、お美和の中で欲情を放出するときよりも、はるかに峻烈な快感が得られるのではないか。そんな気がしてきた。

嗜虐《しぎゃく》的快楽。妄想というより、倒錯《とうさく》である。

田之倉の目が異様にぎらついてきた。荒々しくお美和の両脚を持ち上げ、あらわになった秘所に、怒張した一物を突き入れようとした。――まさにそのときである。

がらり。

襖が引き開けられ、敷居ぎわに黒影が立った。塗笠を目深にかぶった幻十郎である。

田之倉は振り向いて、一瞬、ぽかんと見やった。仮想と現実が瞬時に理解できなかったのである。お美和は恐怖のあまり、声もなくすくみ上がっている。

「く、曲者ッ！」

我に返って叫びながら、田之倉は床の間の〝気炮〟に手を伸ばした。が、それより一瞬速く、幻十郎の刀が鞘走り、田之倉のむき出しの背中を袈裟がけに斬り下ろしていた。

緋緞子の夜具の上にバッと血飛沫《ちしぶき》が飛び散った。

幻十郎はすぐさま刀を逆手に持ち替えて、うつ伏せに倒れている田之倉の背中にとどめの一突きをくれた。

「きゃーっ！」

お美和が絶叫した。白い裸身に紅い花を散らしたように返り血が飛んでいる。

「安心しろ。おまえに危害は加えぬ」

低くいいながら、幻十郎は刀の血振りをして鞘に納めた。お美和の叫びを聞きつけたのか、廊下におびただしい足音がひびき、襖が荒々しく引き開けられた。

「殿！」

飛び込んできたのは、警備の四人の同心である。幻十郎は床の間に跳んで〝気炮〟をつかみ取るなり、銃の基部をカシャッと屈折させて、振り向きざま引き金を引いた。

バスッ。

悲鳴をあげて一人がのけぞった。すぐに基部を折って二発目を撃った。また悲鳴が上がった。三発、四発と連射する。またたく間に四人が死体となって畳に転がった。

〝気炮〟を小脇にかかえて、幻十郎は寝所を飛び出した。

中廊下を走り、外廊下に出る。背後でわめき声がひびいた。警備の与力・同心たちが異変に気づいたのだ。幻十郎は庭に飛び下りて、裏門に向かって走った。

「旦那」

植え込みの陰から、歌次郎が飛び出してきた。

「仕掛けは済んだのか」

「へい。間もなく爆発しやす。急ぎやしょう」

二人は一目散に裏門に向かって走った。門扉は開け放たれたままになっている。道に飛び出したとたん、突然、耳を突んざくような轟音がひびき、四辺が真昼のように明るくなった。二人は思わず足を止めて振り返った。

闇の奥に火柱が噴き上がっている。爆発は断続的に起きた。凄まじい爆発音とともに、目のくらむような閃光がつぎつぎに噴き上がり、爆破された土蔵の瓦礫《がれき》が、雨あられのごとく降ってくる。

屋敷内のあちこちから怒号や叫喚がわき起こった。

「派手に吹き飛んだな」

幻十郎がつぶやく。

「あれじゃ跡形も残らねえでしょう」

近所の屋敷から人々が飛び出してくる。田之倉の屋敷の周辺は、にわかに騒然とした雰囲気につつまれた。爆発はまだつづいている。

「行こう」

背を返して、幻十郎は足早に歩き出した。


一刻（二時間）ほど楽翁の碁《ご》の相手をしたあと、市田孫兵衛は下男に用意させておいた寝酒を一杯呑んで床についた。

時刻は四ツ（午後十時）を少し廻っている。

いつもなら、床につくなりすぐ眠りに落ちるのだが、なぜかこの夜にかぎってなかなか寝つかれなかった。何度も寝返りを打ちながら、

（死神の仕事、首尾よくいっただろうか）

考えるともなしに、ついそんなことを考えてしまう。気がかりなのは、田之倉邸に

隠されている三十挺分の〝気炮〟の部品をどうやって処理するか、だった。

「ご懸念無用」

と幻十郎は自信ありげにいったが、その自信が怖い、と孫兵衛は思う。人足寄場に乗り込んで火をかけるような男である。今度は何を仕出かすのかと、気が気ではなかった。

ふっと目を開けて天井を見上げた。かすかに屋根を叩く雨音がする。

(降ってきたか)

床から起き上がって、孫兵衛は縁側の障子を引き開けて見た。

漆黒の闇の中に、白い雨が蕭々《しょうしょう》と降っている。凍えるような夜気が流れ込んできた。

(雪になるかもしれんな)

肩をすぼめて、障子を閉めようとしたとき、孫兵衛の目がふと濡れ縁に落ちた。

何やら細長い物が置いてある。腰をかがめて、それを拾い上げた。

〝気炮〟だった。銃床に「京」の焼き印が押してある。

「片岡京助の〝気炮〟か」

孫兵衛の目が動いた。雨に濡れた地面に点々と足跡が残っている。それを見て、

「ようやったぞ、死神」

にやりと笑い、孫兵衛は静かに障子を閉めて床にもどった。

後日、その〝気炮〟が松代藩江戸家老・不破儀右衛門の手に渡されたことは、いうまでもない。

本書は、二〇〇四年五月、徳間書店から刊行された『兇弾　冥府の刺客』を改題し、加筆・修正し、文庫化したものです。

文芸社文庫

殺炮
死神幻十郎

二〇一七年八月十五日　初版第一刷発行

著　者　黒崎裕一郎
発行者　瓜谷綱延
発行所　株式会社　文芸社
〒一六〇－〇〇二二
東京都新宿区新宿一－一〇－一
電話　〇三－五三六九－三〇六〇（代表）
〇三－五三六九－二二九九（販売）

印刷所　図書印刷株式会社
装幀者　三村淳

ISBN978-4-286-18973-4

［文芸社文庫　既刊本］

火の姫　茶々と信長
秋山香乃

兄・織田信長の命をうけ、浅井長政に嫁いだ於市は於茶々、於初、於江をもうけるが、やがて信長に滅ぼされる。於茶々たち親娘の命運は——？

火の姫　茶々と秀吉
秋山香乃

本能寺の変後、信長の家臣の羽柴秀吉が後継者となり、天下人となった。於市の死後、ひとり残された於茶々は、秀吉の側室に。後の淀殿であった。

火の姫　茶々と家康
秋山香乃

太閤死して、ひとり巨魁・徳川家康と対決する於茶々。母として女として政治家として、豊臣家を守り、火焔の大坂城で奮迅の戦いをつらぬく！

それからの三国志　上　烈風の巻
内田重久

稀代の軍師・孔明が五丈原で没したあと、三国志は新たなステージへ突入する。三国統一までのその後のヒーローたちを描いた感動の歴史大河！

それからの三国志　下　陽炎の巻
内田重久

孔明の遺志を継ぐ蜀の姜維と、魏を掌握する司馬一族の死闘の結末は？　覇権を握り三国を統一するのは誰なのか⁉　ファン必読の三国志完結編！

［文芸社文庫　既刊本］

トンデモ日本史の真相　史跡お宝編
原田　実
日本史上の奇説・珍説・異端とされる説を徹底検証！　文庫化にあたり、お江をめぐる奇説を含む2項目を追加。墨俣一夜城／ペトログラフ、他

トンデモ日本史の真相　人物伝承編
原田　実
日本史上でまことしやかに語られてきた奇説・珍説・伝承等を徹底検証！　文庫化にあたり、「福澤諭吉は侵略主義者だった？」を追加（解説・芦辺拓）。

戦国の世を生きた七人の女
由良弥生
「お家」のために犠牲となり、人質や政治上の駆け引きの道具にされた乱世の妻妾。悲しみに耐え、懸命に生き抜いた「江姫」らの姿を描く。

江戸暗殺史
森川哲郎
徳川家康の毒殺多用説から、坂本竜馬暗殺事件の謎まで、権力争いによる謀略、暗殺事件の数々。闇へと葬り去られた歴史の真相に迫る。

幕府検死官　玄庵　血闘
加野厚志
慈姑頭に仕込杖、無外流抜刀術の遣い手は、人を救う蘭医にして人斬り。南町奉行所付の「検死官」が、連続女殺しの下手人を追い、お江戸を走る！

［文芸社文庫　既刊本］

蒼龍の星㊤　若き清盛
篠　綾子

三代と名づけられた平忠盛の子、後の清盛の出生の秘密と親子三代にわたる愛憎劇。やがて「北天の王」となる清盛の波瀾の十代を描く本格歴史浪漫。

蒼龍の星㊥　清盛の野望
篠　綾子

権謀術数渦巻く貴族社会で、平清盛は権力者への道を。鳥羽院をついで即位した後白河は崇徳上皇と対立。清盛は後白河側につき武士の第一人者に。

蒼龍の星㊦　覇王清盛
篠　綾子

平氏新王朝樹立を夢見た清盛だったが後白河との仲が決裂、東国では源頼朝が挙兵する。まったく新しい清盛像を描いた「蒼龍の星」三部作、完結。

全力で、1ミリ進もう。
中谷彰宏

「勇気がわいてくる70のコトバ」――過去から積み上げた「今」を生きるより、未来から逆算した「今」を生きよう。みるみる活力がでる中谷式発想術。

贅沢なキスをしよう。
中谷彰宏

「快感で生まれ変われる」具体例。節約型のエッチではなく、幸福な人と、エッチしよう。心を開くだけで、感じるような、ヒントが満載の必携書。